Le secret d'un don Juan

MICHELLE SMART

Le secret d'un don Juan

Traduction française de
EMMANUELLE DETAVERNIER

AZUR

HARLEQUIN

Collection : Azur

Titre original :
CINDERELLA'S ONE-NIGHT BABY

HARPERCOLLINS FRANCE
83-85, boulevard Vincent-Auriol, 75646 PARIS CEDEX 13
Service Clients — www.harlequin.fr
ISBN 978-2-2805-1155-1 — ISSN 0993-4448

Édité par HarperCollins France.
Composition et mise en pages Nord Compo.
Imprimé en décembre 2024 par CPI Black Print (Barcelone)
en utilisant 100% d'électricité renouvelable.
Dépôt légal : janvier 2025.

FSC
www.fsc.org
MIXTE
Papier issu de sources responsables
FSC® C159065

Pour limiter l'empreinte environnementale de ses livres, HarperCollins France s'engage à n'utiliser que du papier fabriqué à partir de bois provenant de forêts gérées durablement et de manière responsable.

1

Le passage entre les frontières de la minuscule principauté de Monte Cleure et la France et l'Espagne qui l'entouraient avait toujours été simple. Il suffisait de montrer son passeport à un garde à moitié endormi ou de le scanner pour y entrer sans aucune autre formalité.

Monte Cleure était considérée comme une « super Monaco » avec ses millionnaires et milliardaires qui venaient s'y installer pour profiter de son régime de taxes très avantageux, mais elle attirait également une population plus douteuse composée de trafiquants d'armes et de drogues. Ses frontières poreuses ainsi que la corruption policière en faisaient le refuge parfait pour des criminels souhaitant blanchir de l'argent sale.

Les circonstances avaient changé brutalement à la mort du détesté roi Dominic. Sa sœur Catalina était montée sur le trône, et avait décidé de traquer les criminels qui profitaient de son beau pays pour commettre de multiples délits.

Les contrôles aux frontières avaient été renforcés, et de nouvelles procédures avaient été mises en place. Tout garde suspecté de corruption avait été viré et remplacé par de nouvelles recrues. Et Gabrielle Breton était l'une d'entre elles.

Cela faisait un an qu'elle exerçait son travail, et elle l'adorait toujours autant. Et si ce n'était pas la voie qu'elle avait imaginé suivre quand elle était plus jeune, elle était bien décidée à faire de son mieux, d'autant que ses journées étaient extrêmement variées. Il n'y en avait jamais deux semblables.

Ce jour-là, ses services avaient reçu une information selon laquelle une voiture de luxe servait à faire entrer un chargement de cocaïne pour une valeur d'un million d'euros en provenance de l'Espagne. Près de soixante-dix pour cent des véhicules qui entraient sur le territoire étaient des marques de luxe, mais ils avaient appris qu'il s'agissait d'un nouveau modèle conduit par un couple.

Il lui restait à peine une heure avant la fin de son service, et Gabrielle et son équipe avaient déjà fouillé neuf voitures et en avaient passé trois aux rayons X, en vain. Les autres équipes n'avaient pas eu plus de succès, mais la chance était peut-être sur le point de tourner, car une magnifique voiture de sport semblant sortir tout droit de l'usine de construction, immatriculée en Espagne, avec un homme et une femme à son bord venait de se présenter au poste-frontière.

Retenant un frisson d'excitation, Gabrielle fit un signe au chauffeur pour lui indiquer de s'arrêter sur le côté et de descendre sa vitre.

Un homme incroyablement séduisant et à la chevelure sombre s'exécuta aussitôt.

— Votre passeport, s'il vous plaît, demanda-t-elle en espagnol.

— Je suis déjà enregistré dans le système, répondit-il d'un ton impatient. J'ai le droit de demander une reconnaissance faciale.

Gabrielle plissa les yeux. Il lui semblait familier. Elle l'avait sans doute déjà aperçu dans les médias ou dans la base de données, mais ça ne changeait rien. Elle avait un travail à faire.

— Je souhaiterais voir votre passeport.

— Il y a un problème ? s'enquit-il en le lui tendant néanmoins.

— C'est ce que nous allons voir, monsieur Morato, répondit-elle en le vérifiant.

Andrés Javier Morato, de nationalité espagnole et qui venait d'avoir trente-trois ans.

Quant à sa passagère, il s'agissait de Sophia Maribel Morato, de nationalité espagnole, elle aussi, et âgée de trente-cinq ans.

— Quelle est la raison de votre visite à Monte Cleure ?

— Pourquoi me posez-vous cette question ?

— Parce que c'est mon travail, monsieur.

À ces mots, il pinça ses lèvres sensuelles.

— Je possède de nombreuses propriétés et plusieurs entreprises sur ce territoire. Je contribue largement à l'économie de votre pays.

Luttant contre l'envie de bâiller, Gabrielle rétorqua :

— Toutes mes félicitations. Quelle est la raison de votre visite ?

— La raison de ma visite, mademoiselle, commença-t-il d'un ton méprisant, est la soirée organisée ce soir au palais. Je suis un ami et l'un des invités de votre reine.

— Vous avez beaucoup de chance, commenta-t-elle platement.

La plupart des voyageurs qui s'étaient présentés au contrôle affirmaient tous assister à la fête de la reine Catalina, et Gabrielle aurait tout donné pour obtenir elle aussi une invitation. Las, les chances de rencontrer un jour son idole étaient pratiquement nulles.

— Et quand vous vous adressez à moi, veuillez utiliser le titre d'officier, précisa-t-elle. Transportez-vous de la drogue en quelque quantité que ce soit dans votre véhicule ou sur vous, ou des objets ou biens interdits sur le territoire de Monte Cleure ?

L'homme la contempla d'un air surpris avant de répondre :

— Non. Je n'ai aucun produit illégal en ma possession, et je n'ai rien à déclarer. Nous en avons fini ? Nous sommes déjà en retard. Une équipe m'attend à mon appartement pour nous aider à nous préparer pour la soirée, Sophia et moi.

— Je crains que non, monsieur, et insister sur vos relations avec la reine ne va pas accélérer le processus. Veuillez tous les deux sortir du véhicule, s'il vous plaît.

— Savez-vous qui je suis ? l'interrogea-t-il, les yeux brûlant de colère.

Gabrielle faillit lever les yeux au ciel. Combien de fois lui avait-on posé cette question depuis qu'elle travaillait pour la douane ?

— Je suis certaine que vous êtes un homme important, monsieur, mais j'ai un travail à faire, et j'ai besoin de votre coopération.

Son épouse, qui observait leur échange en silence, posa sur son bras une main ornée d'une alliance et d'une bague de fiançailles où scintillait un énorme diamant, et lui fit un signe de la tête avant d'ouvrir sa portière.

Poussant un long soupir, Andrés l'imita, et Gabrielle retint une exclamation en découvrant combien il était grand… et musclé. Sa femme semblait minuscule à ses côtés alors qu'elles avaient pratiquement la même taille si on ne comptait pas ses talons.

— Attendez derrière la ligne, s'il vous plaît, les pria-t-elle en indiquant un emplacement à quelques mètres de leur voiture.

Sophia s'exécuta immédiatement, mais Andrés se contenta de croiser ses bras musclés, bien visibles sous sa chemise noire. Ses manches étaient relevées, dévoilant un tatouage impressionnant sur son avant-bras gauche.

— Pourquoi ?

— Nous devons fouiller votre voiture, et le règlement nous interdit de le faire tant que vous ne vous trouvez pas derrière la ligne, expliqua-t-elle d'un ton patient avec un signe de la tête en direction de ses deux collègues et du chien renifleur qui attendaient son signal.

Une grimace de colère mêlée de surprise déforma aussitôt son visage.

— Combien de temps cela va-t-il prendre ?

— Aussi longtemps que nécessaire.

— J'exige une procédure accélérée.

— Je suis navrée, mais je crains que votre amie, la reine, déteste le travail bâclé. Veuillez attendre derrière la ligne, monsieur, ordonna-t-elle plus ferme.

L'espace d'un instant, elle crut qu'il allait exploser, mais elle ne se laissa pas intimider. Un an auparavant, elle aurait sans doute éprouvé des difficultés à tenir tête à un homme faisant deux fois sa taille, mais les choses avaient changé.

Relevant le menton, elle l'étudia avec attention tout en retenant un sourire narquois. Il devait sans doute la maudire intérieurement, incapable d'imaginer qu'une jeune femme oserait fouiller le véhicule d'un homme aussi important que lui !

— Vous perdez du temps, lui rappela-t-elle platement.

Il serra les mâchoires, et lui lança un regard assassin avant de s'exécuter.

— Merci de votre coopération, monsieur.

— Si vous causez le moindre dégât, officier, je vous en tiendrai pour personnellement responsable, et votre service me remboursera.

— Ne vous inquiétez pas, monsieur, nous pouvons nous le permettre grâce à tout l'argent que vous injectez dans notre économie.

Andrés observa la jeune femme qui lui donnait des ordres d'un ton poli, et la fureur qu'il contenait depuis des jours manqua le rendre fou.

— Qu'espérez-vous trouver ? demanda-t-il froidement.

En guise de réponse, l'officier enfila des gants en latex sans lui adresser le moindre regard. Elle l'avait pourtant entendu, c'était évident.

Retenant un juron, Andrés serra les poings. Il n'avait pas l'habitude d'être ignoré ou qu'on lui donne des ordres. Au contraire, il était d'ordinaire traité avec égards et obtenait toujours ce qu'il voulait. Il n'aurait jamais toléré qu'on lui manque de respect.

La seule exception à ces règles était sa famille. C'était d'ailleurs sur l'insistance de sa sœur qu'il s'était levé à l'aube alors qu'il était épuisé. Il n'avait pratiquement pas dormi depuis l'arrivée de la lettre qui avait chamboulé les fondements de son existence. Et la dernière chose dont il avait envie était de se retrouver au milieu d'une foule d'inconnus.

Ses amis, ses partenaires professionnels ainsi que le roi consort auraient compris qu'il renonce à assister à la fête, mais pas Sophia. Elle attendait ce jour depuis longtemps, et ne lui aurait pas pardonné de l'abandonner.

Il s'était donc efforcé de masquer sa mauvaise humeur, et avait cru réussir jusqu'à ce que l'hélicoptère se pose à Barcelone et qu'il se glisse derrière le volant de son nouveau jouet.

S'installant à ses côtés, Sophia s'était tournée vers lui avant de déclarer :

— Nous n'étions pas obligés d'assister à la fête si tu n'en avais pas envie.

— Tu aurais pu me dire ça avant notre départ de Séville, avait-il rétorqué, irrité.

— J'avais espéré que ton humeur s'améliorerait. On ne s'est pas vus depuis un mois. Tu pourrais au moins faire semblant d'être heureux de passer du temps avec moi, avait-elle ajouté en faisant la moue.

Sans un mot, il avait mis le moteur en route tout en ignorant ses tentatives de relancer la conversation. Les embouteillages avaient encore assombri son humeur, lui arrachant de nombreux jurons tandis que les autres conducteurs semblaient s'obstiner à se mettre en travers de sa route. Et à présent il se retrouvait bloqué par une garde-frontière un peu trop zélée.

— Vous avez l'air de chercher quelque chose. Puis-je au moins savoir de quoi il s'agit ? De la drogue ? De la contrefaçon ? Des chiots ? ajouta-t-il, sarcastique.

— Si je découvre des chiots, je n'hésiterai pas à utiliser ceci, rétorqua-t-elle en posant la main sur l'étui accroché à sa taille.

Son expression impassible ne lui permettait pas de savoir si elle plaisantait.

— C'est un pistolet ou un taser ? s'enquit Sophia.

— Un taser.

— Je pourrais l'utiliser contre lui ?

— Je n'y verrais personnellement aucun inconvénient, mais c'est malheureusement interdit, et je n'ai aucune envie de perdre mon travail, madame, précisa-t-elle avant de s'agenouiller pour glisser la main derrière la roue.

— C'est dommage.

— Je pense que vous pouvez en acheter un sur le *dark web*, indiqua la jeune femme en tournant la tête vers Sophia. Ils sont très faciles à utiliser. Il vous suffit de viser et d'appuyer sur la gâchette.

Sophia éclata de rire.

— Je vais y réfléchir sérieusement pour la prochaine fois où il me gênera autant en tentant d'impressionner quelqu'un.

— Je ne peux faire aucun commentaire.

Andrés observa les deux femmes et serra les poings. Il s'était montré grossier, il devait bien le reconnaître. Sa sœur avait subi sa mauvaise humeur depuis leur départ, et il avait passé sa colère sur une garde qui ne faisait que son travail.

Inspirant profondément, il tendit la main dans sa direction en s'efforçant d'adoucir l'expression de son visage.

— Très bien, j'ai compris. Je me conduis comme un salaud qui mériterait de se faire taser.

L'officier se dirigea vers une autre roue, et manqua sourire, attirant son attention sur sa bouche qui semblait presque trop grande pour son visage. Si la distance entre celle-ci et son nez n'avait pas été aussi normale, il aurait pu croire qu'elle avait fait gonfler ses lèvres comme tant d'autres femmes.

Malgré lui, il ne put s'empêcher de noter qu'elle ne portait pas de maquillage. Quant à ses cheveux marron, ils étaient remontés en une simple queue-de-cheval. À cette distance, il lui était impossible de deviner à quoi ressemblait son corps sous son uniforme bleu marine qui lui donnait un air sévère, mais il était intrigué.

Son portable vibra soudain, et il fronça les sourcils en reconnaissant le numéro de son avocat. C'était l'appel qu'il attendait, celui qui avait le pouvoir de le plonger dans les ténèbres pour de bon, ou au contraire, de l'en tirer.

Oubliant immédiatement la jeune femme, il s'éloigna pour répondre.

Gabrielle poussa un soupir discret lorsqu'il s'éloigna. Il ne l'intimidait pas, non, mais il y avait quelque chose de... troublant chez lui.

Son épouse était tout le contraire, et elle entama aussitôt la conversation, lui parlant des boutiques qu'elle possédait, et des vêtements qu'elle avait dessinés. La magnifique robe qu'elle portait était d'ailleurs l'une de ses créations. Elle ajouta également qu'elle n'aimait pas quitter Séville, mais qu'elle n'avait pas pu refuser une invitation à une fête donnée par la famille royale.

Gabrielle était surprise. Ce n'était pas tous les jours que les occupants d'une voiture de luxe soumis à un contrôle aussi strict se montraient aussi amicaux et bavards que Sophia. La plupart d'entre eux se comportaient comme son mari, et boudaient comme des enfants gâtés qui ne supportaient pas qu'on leur dise non.

Gabrielle avait d'ailleurs l'habitude des enfants capricieux. Et leurs crises étaient bien plus faciles à gérer que celles de multimillionnaires convaincus que le monde leur appartenait ou leur devait le respect. À leurs yeux, l'argent excusait toutes les excentricités, et leur donnait un pouvoir absolu sur le commun des mortels.

Sophia Morato était un changement bienvenu, même si elle lui donnait l'impression d'appartenir à un autre monde. Non seulement elle était belle, mais elle était aussi enjouée et à l'aise avec les inconnus.

Gabrielle ne pouvait s'empêcher de l'envier… sauf lorsqu'il s'agissait de son mari. Il lui était impossible de s'imaginer vivre avec un homme aussi arrogant et grossier. Son physique de dieu grec et sa beauté virile n'excusaient en rien son comportement inacceptable.

Pour autant, elle devait bien admettre qu'il était superbe. Et elle ne put s'empêcher de l'observer avec attention comme il raccrochait et se dirigeait vers sa femme.

— Comment ça se passe ? demanda-t-il d'un ton bien plus agréable que quelques minutes auparavant.

Gabrielle se força à se concentrer sur son travail. Elle ne pouvait pas se permettre de se laisser distraire par un homme, surtout s'il était marié.

— Pour l'instant, tout va bien.

— Combien de temps pensez-vous que ça va encore durer ? l'interrogea-t-il sans la moindre trace d'impatience.

Sa conversation téléphonique avait visiblement eu un effet positif sur son humeur.

— Ça dépendra de ce que l'on trouve ou non.

Plus les recherches avançaient, plus elle était convaincue de leurs inutilités. Elle aurait été prête à parier son salaire qu'il n'y avait pas de matériel illégal dans leur voiture. Gizmo, le chien renifleur, n'avait d'ailleurs pas réagi, mais elle avait un travail à faire, et il lui était interdit de prendre des raccourcis. La recherche devait être effectuée avec minutie quoi qu'elle en pense.

Après en avoir terminé avec l'inspection du capot, elle ouvrit le coffre et y trouva le kit de changement de pneu. Gizmo l'examina à son tour mais ne décela rien.

Retenant un soupir, elle souleva le tapis et sortit la roue de secours.

— Ils exigent que l'officier le plus petit de l'équipe se charge du travail le plus difficile ? s'enquit Andrés.

Il l'observait d'un air amusé, les bras croisés.

— Je suis plus musclée que j'en ai l'air.

— C'est ce que je vois.

Ce n'était sans doute qu'une observation, mais une étrange chaleur se répandit dans son bas-ventre.

— Vous faites du sport ?

— Oui, si vous considérez que soulever des pneus en fait partie. Je suis mère célibataire et je travaille, continua-t-elle en veillant à garder une voix impassible. Ça ne me laisse pas beaucoup de temps pour aller à la salle de sport.

Elle regretta aussitôt ses paroles. Pourquoi s'était-elle montrée aussi honnête ?

Sophia écarquilla les yeux.

— Vous avez un enfant ? Quel âge a-t-il ?

Il n'y avait sans doute aucun risque à parler de Lucas avec des inconnus qu'elle ne reverrait jamais, mais elle se sentit néanmoins mal à l'aise. Avec le temps, la terreur qui lui serrait le cœur en permanence après avoir ramené Lucas chez elle s'était atténuée, mais elle n'avait pas complètement disparu.

— Quatre ans, répondit-elle d'un ton posé.

— Vous deviez être très jeune quand vous êtes tombée enceinte.

— J'avais dix-neuf ans.

— Et vous êtes mère célibataire ?

— Oui, il n'y a que Lucas et moi.

Et il en serait toujours ainsi, elle ne devait pas l'oublier.

— Ça ne doit pas être facile.

C'était peu dire...

— C'est vrai.

— Vous recevez de l'aide de votre famille, des amis ?

— Ma mère nous aide autant qu'elle le peut. Lucas passe le week-end avec elle et avec mon frère.

Lucas était ravi, mais il lui manquait. L'appartement lui paraissait bien vide et silencieux sans lui.

Refermant le coffre, elle se redressa.

— Nous en avons fini.

Gizmo n'avait pas eu la moindre réaction. Il n'y avait rien à trouver.

— On peut y aller ? l'interrogea Andrés.

— Oui, dès que vous aurez inspecté votre véhicule, vérifié que nous n'avons causé aucun dommage, et signé le document.

Il enjamba aussitôt la ligne jaune pour la rejoindre et consulta sa montre.

Incapable de résister, elle demanda :

— Vous êtes attendu ?

Andrés reporta son attention sur la jeune officière, notant la lueur amusée brillant dans ses yeux qui manqua le faire éclater de rire à son tour.

— Vous avez l'air de l'ignorer, commença-t-il d'un ton faussement irrité, mais nous sommes attendus au palais pour l'anniversaire de la reine.

— Vous auriez dû le dire plus tôt ! rétorqua-t-elle d'un air innocent. Je vais faire aussi vite que possible. Examinez votre véhicule pendant que je remplis le formulaire. Si vous trouvez le moindre dommage, prenez-le en photo. S'il n'y en a pas, vous n'aurez qu'à signer et… Tout va bien, madame ?

Andrés tourna la tête et aperçut Sophia couvrant sa bouche de sa main.

— Je ne me sens pas bien, parvint-elle à dire. Où sont les toilettes ?

L'officier ne perdit pas une seconde pour l'entraîner à l'intérieur du bâtiment pendant qu'Andrés les observait en silence. Sophia n'avait pas donné le moindre signe de malaise durant le trajet. Que lui arrivait-il ?

Prenant un instant pour examiner sa voiture, il entra à son tour et se dirigea vers la jeune officière installée à son bureau.

— Je n'ai pas constaté de dégât. Comment va Sophia ?

— Je lui ai donné un verre d'eau, mais elle a refusé que je reste avec elle, répondit-elle avec une grimace.

Sophia choisit cet instant pour les rejoindre et se laissa tomber sur une chaise.

— Andrés, je me sens horriblement mal, déclara-t-elle en se tenant la tête. Je ne crois pas que je pourrai assister à la fête.

Andrés plissa les yeux. Sa sœur avait toujours été une piètre actrice, et sa performance lui rappelait ses tentatives désespérées pour convaincre leur mère qu'elle était trop malade pour se rendre à l'école.

— J'ai vomi deux fois, insista-t-elle comme il restait silencieux. Tu imagines ce qui arriverait si je contaminais la reine durant la fête ? Le jour de son anniversaire ? soupira-t-elle d'une voix faible.

Andrés faillit éclater de rire. Son humeur s'était améliorée depuis la conversation avec son avocat, et il se réjouissait de passer une bonne soirée loin des journalistes, et voilà que sa partenaire cherchait à lui faire faux bond !

Sophia ne semblait pas malade, mais son comportement était des plus étranges. Elle avait failli pleurer de joie lorsqu'il lui avait proposé de l'accompagner, et elle avait passé près de deux mois à se créer une tenue pour l'occasion. Pourquoi tentait-elle de se défiler alors qu'elle touchait au but ?

— Je vais demander à Rich de venir nous chercher, dit-il.

Son appartement à Monte Cleure possédait son propre héliport. Ils auraient gagné un temps fou si Rich les y avait amenés directement.

— Non, il faut que tu y ailles ! Nous avons fait tout ce trajet !

Surpris par son insistance, Andrés attendit en silence.

— Ce serait impoli d'annuler maintenant. Il s'agit de l'anniversaire de la reine ! Son mari est l'un de tes partenaires professionnels.

— Si tu ne viens pas, je serai le seul invité sans cavalière. La soirée débute dans deux heures. Aucune des femmes que je connais ne pourrait te remplacer aussi vite.

Enfin, ce n'était pas tout à fait exact. Certaines seraient prêtes à tout pour le faire, mais elles risquaient de se méprendre sur ses intentions et de s'imaginer que cette invitation les mènerait tout droit au mariage.

Sophia laissa son regard glisser sur la jeune femme concentrée sur son formulaire. Andrés en fit autant, avant de reporter son attention sur sa sœur pour lui poser une question muette à laquelle elle répondit d'un hochement de tête.

Fronçant les sourcils, il étudia de nouveau l'officier, s'efforçant de l'imaginer en robe de soirée, en vain. Pour autant, la proposition de Sophia n'en demeurait pas moins très intéressante...

Gabrielle avait suivi leur conversation d'une oreille distraite, et il lui fallut plusieurs minutes avant de réaliser qu'ils étaient retombés dans le silence.

Levant les yeux, elle avisa qu'ils l'observaient avec attention comme si elle était une pouliche sur le point d'être mise en vente.

— Vous n'êtes pas sérieux ! déclara-t-elle, comprenant enfin où ils voulaient en venir.

2

Les Moratos étaient pourtant très sérieux. Ils voulaient qu'elle prenne la place de Sophia et accompagne Andrés à la fête d'anniversaire de la reine. La même reine que Gabrielle idolâtrait, celle qu'elle s'était efforcée d'apercevoir lors d'un défilé, celle qu'elle avait acclamée comme Lucas somnolait dans sa poussette le jour de son couronnement, celle enfin qui avait rendu le pays plus sûr grâce aux lois qu'elle avait mises en place.

Malgré elle, des images de femmes en robe de soirée dansant dans les bras de princes séduisants en tenue d'apparat, de mets incroyables et de flûtes de champagne s'imposèrent à son esprit.

— Je ne peux pas, déclara-t-elle en secouant la tête.

Elle ne pouvait pas se permettre de se laisser distraire par des rêveries ridicules.

— Je ne vous connais pas, et je n'ai rien à me mettre.

— Vous pouvez prendre ma robe, proposa Sophia.

Réalisant qu'elle ne plaisantait pas, Gabrielle éclata de rire.

— Vous êtes plus grande et plus mince que moi.

— Pas beaucoup. J'ai une équipe merveilleuse qui attend de me transformer en princesse à l'appartement. Il y a même des couturières qui pourront réaliser les reprises nécessaires.

Plissant les yeux, elle étudia Gabrielle avec attention.

— Il faudra la raccourcir et l'ajuster au niveau de la poitrine et des hanches, mais c'est tout à fait faisable.

— Je ne peux pas, répéta Gabrielle, gênée.

— Vous avez d'autres projets pour la soirée ? s'enquit Sophia en haussant les sourcils. Votre fils est avec votre mère, et vous avez terminé votre service. Quelle meilleure façon de passer la soirée qu'en assistant à la fête de la décennie ?

Gabrielle se mordit la lèvre. Inutile de le nier, elle était tentée, d'autant que cela faisait plus de quatre ans qu'elle ne sortait plus. Les circonstances de la naissance de Lucas l'avaient poussée à s'éloigner de ses amis. Tous avaient fini par l'abandonner devant son refus de parler de son père ou d'accepter leur présence ou leur aide durant ou après la grossesse. Elle se sentait toujours coupable de la façon dont elle les avait traités, mais elle n'avait pas eu le choix. Le risque était trop grand.

Avec le temps, les soirées avaient fini par se ressembler et les samedis étaient devenus des jours comme les autres. Ses grands projets pour son soir de liberté – Lucas était chez sa mère – consistaient à prendre un long bain et à regarder un vieux film.

— Vous ne savez même pas comment je m'appelle, déclara-t-elle, déterminée à leur faire comprendre combien leur proposition était ridicule bien que tentante.

Andrés qui s'était contenté de suivre leur échange en silence demanda :

— Quel est votre nom ?

— Gabrielle, et je ne connais le vôtre que parce que votre voiture correspond à la description d'un véhicule appartenant à des trafiquants de drogue.

À ces mots, un léger sourire se dessina sur ses lèvres.

— Gabrielle, si vous acceptez de m'accompagner, non

seulement vous m'épargnerez l'humiliation d'arriver seul, mais vous éviterez également aux employés du palais de revoir leur plan de table en catastrophe, ce qui…

— Je ne vous connais pas, le coupa-t-elle. Je ne peux pas suivre un inconnu, même si c'est pour une soirée au palais ! Vous pourriez être les *Bonnie et Clyde* espagnols et me conduire à une mort certaine. Sans vouloir vous offenser, ajouta-t-elle à la hâte en réalisant qu'elle venait de les accuser d'être des criminels.

Son sourire s'élargit.

— Ce n'est pas le cas. Vous avez raison d'être prudente.

Traversant la pièce, il vint s'appuyer sur son bureau.

— Gabrielle, commença-t-il en se penchant pour la regarder dans les yeux, je vous promets de garantir votre sécurité. Une équipe attend de transformer Sophia en princesse à mon appartement, et ils seront parfaitement capables d'en faire de même pour vous. Mon chauffeur nous conduira à la fête, et vous ramènera chez vous quand elle sera terminée. Nous ne serons jamais seuls, insista-t-il. Il y aura toujours quelqu'un pour nous accompagner.

Gabrielle hésita. Ce genre de chose n'arrivait que dans les films, et il lui aurait sans doute été plus facile de se concentrer si le parfum viril et sensuel d'Andrés n'était pas aussi envoûtant. C'était vraiment injuste ! Certaines personnes semblaient avoir été bénies par les dieux alors que d'autres…

Gabrielle avait été forcée de rater la fête de fin d'année organisée par son école pour rester aux côtés de sa sœur Éloïse, dont la vie avait été brisée par un homme au moins aussi séduisant et probablement aussi égocentrique qu'Andrés Morato.

— Andrés est un gentleman, intervint Sophia. Je lui fais confiance pour prendre soin de vous et vous faire vivre une soirée dont vous vous souviendrez toute votre vie.

Gabrielle cligna des yeux, gênée. Elle avait presque oublié qu'ils n'étaient pas seuls, et que l'épouse d'Andrés se tenait à quelques mètres d'eux. Celle-ci devait avoir toute confiance en son époux pour l'encourager à emmener une autre femme à une fête.

Gabrielle comprit soudain pourquoi ils insistaient tant. Sophia n'avait pas à s'inquiéter que son magnifique époux cherche à séduire une femme aussi banale qu'elle. Quant à Andrés, il n'avait aucun risque de céder à la tentation. Elle n'était pas assez belle pour être vue comme une menace par les Morato. C'est Éloïse qui avait toujours été la véritable beauté de la famille Breton.

— Songez à l'histoire que vous pourrez raconter à votre fils quand il sera plus grand, dit Andrés, la tirant de ses pensées. Celle de sa mère assistant à l'anniversaire de la reine et dansant et dînant avec d'autres membres de la royauté.

Son cœur se serra douloureusement en songeant à son ancienne meilleure amie, Fran, qui s'était fait engager au palais, et lui avait décrit des soirées incroyables et les mets délicieux qui y étaient servis, lorsqu'elles se retrouvaient pour boire un verre.

La perspective d'assister à une soirée aussi merveilleuse en faisant partie des invités était tout simplement irrésistible !

Veillant à garder une expression neutre, elle croisa le regard d'Andrés, qui était si profond qu'elle aurait pu s'y noyer s'il n'avait pas été marié.

— Si j'accepte…

Une expression satisfaite s'afficha sur son visage comme s'il avait toujours su qu'elle serait incapable de refuser.

— Si j'accepte, quel Andrés Morato m'accompagnera ? Celui qui se comporte comme un enfant pourri gâté ou l'autre, tout aussi gâté, mais qui semble capable de réagir comme un adulte ? Parce que je n'ai aucune envie de passer la soirée avec un enfant...

Le visage d'Andrès changea aussitôt pour afficher de la surprise mêlée à l'indignation.

Tout s'enchaîna ensuite très rapidement.

Les Morato proposèrent de l'emmener à leur appartement, mais elle refusa. Il n'y avait pratiquement pas de place sur le siège arrière, et il était bien plus facile et rapide pour elle de prendre son vélo. Elle profita du trajet pour appeler sa mère et s'assurer que Lucas allait bien.

Arrivée devant les immenses portes dorées de l'Imperium, l'un des complexes immobiliers les plus prisés de Monte Cleure, Gabrielle ne put retenir un soupir d'émerveillement.

Elle était passée devant ce bâtiment deux fois par jour, quatre jours par semaine durant toute l'année dernière, et bien plus encore durant les vingt-trois ans où elle avait vécu ici, mais elle n'avait jamais imaginé pouvoir y entrer.

Un homme dans un costume impeccable apparut.

— Madame Breton ?

Inutile de lui demander comment il l'avait reconnue étant donné qu'elle portait toujours son uniforme. L'arrivée de cet homme prouvait au moins qu'Andrés n'avait pas changé d'avis malgré sa réaction initiale face à sa remarque.

Il l'avait contemplée en silence avant d'éclater de rire, mais elle n'avait pas pu s'empêcher de se demander si elle ne l'avait pas vexé ? Peut-être s'était-il efforcé de sauver les apparences, tout en prévoyant de lui interdire l'accès au bâtiment pour se venger ? Visiblement, elle s'était trompée.

Comme elle hochait la tête, l'homme reprit :

— Je suis Bernard, le concierge de l'Imperium. Si vous voulez bien confier votre vélo à Pierre, je vais vous accompagner jusqu'à l'appartement de M. Morato. Il est arrivé il y a trois minutes.

Avisant l'adolescent dégingandé qui se tenait derrière lui, elle demanda :

— Merci. Où comptez-vous mettre mon vélo ?

— Nous l'entreposerons à l'abri jusqu'à ce que vous ou M. Morato le demandiez.

— Vous ferez attention, n'est-ce pas ? l'interrogea-t-elle, anxieuse.

Elle n'avait pas les moyens de s'en offrir un autre.

Bernard l'entraîna ensuite dans le magnifique atrium qui lui rappela l'hôtel de luxe où elle avait travaillé durant les week-ends lorsqu'elle n'avait que dix-huit ans.

Mal à l'aise dans son uniforme qui était tout sauf élégant, elle tenta d'aplatir les quelques mèches de cheveux qui s'étaient échappées de sa queue-de-cheval, tout en s'efforçant de marcher d'un pas discret malgré ses lourdes bottes. Elle n'était décidément pas à sa place dans ce décor de rêve.

Elle pénétra ensuite dans un ascenseur dont les parois étaient couvertes de miroirs immaculés et le sol d'un épais tapis moelleux. Dans un coin, un fauteuil à l'air confortable semblait avoir été installé pour les clients trop paresseux ou fatigués pour rester debout.

Bernard pressa l'un des deux seuls boutons présents, et ressortit en lui adressant un salut tandis que les portes se refermaient.

Quelques secondes plus tard, elle se retrouva dans une pièce de taille modeste décorée de sols et d'un bureau en marbre, ainsi que d'une porte pourvue d'un petit boîtier de sécurité.

Comme elle l'observait en silence pour déterminer quel bouton presser, la porte s'ouvrit pour révéler Andrés.

Il portait une chemise déboutonnée qui laissait apercevoir son torse musclé couvert d'une toison sombre. Il lui adressa un sourire à couper le souffle avant de lui tendre la main.

— Je craignais que vous n'ayez changé d'avis. Excusez ma tenue, mon tailleur apporte les derniers ajustements à mon smoking.

Se sentant rougir, Gabrielle baissa les yeux, et réalisa un peu tard qu'elle ne l'avait pas salué.

Consciente de la saleté de ses doigts maculés de taches d'huile, elle dut faire un effort surhumain pour ne pas glisser les mains dans ses poches. Prise par le temps, elle ne s'était pas donné la peine de les laver comme elle le faisait d'ordinaire.

Déterminée à en finir au plus vite, elle saisit délicatement la main d'Andrés, et ne put retenir un frisson quand il enferma sa paume entre les siennes, comme pour mieux la retenir prisonnière. Sa chaleur se répandit dans son bras alors que sa peau semblait picoter étrangement.

— Merci d'avoir accepté, continua-t-il malgré son silence. Je vous suis redevable.

La relâchant enfin, il s'écarta et l'invita à entrer.

— Je vous en prie.

Se frottant la main d'un geste distrait, Gabrielle s'exécuta. Le décor lui rappela une fois de plus qu'Andrés et elle évoluaient dans des univers radicalement opposés.

Née à Monte Cleure, elle y avait grandi et vivait toujours dans un minuscule arrondissement offrant un contraste saisissant avec le mode de vie de la plupart des habitants de la principauté. Et si les bulldozers n'avaient pas encore démoli son petit coin de paradis, c'était uniquement parce qu'il accueillait le personnel travaillant dans les hôtels, les penthouses, sur les yachts, au palais ou au service des autres citoyens.

Pour la première fois de son existence, elle avait l'occasion de découvrir comment vivaient les plus nantis, et le spectacle était saisissant.

Le salon à la décoration somptueuse, composée d'œuvres

d'art exquises et de meubles anciens, faisait deux fois la taille de son appartement et offrait une vue magnifique sur la principauté grâce à d'immenses baies vitrées.

— Laissez-moi vous présenter l'équipe, déclara Sophia en la prenant par la main.

— Un instant. Elle n'a pas encore signé la clause de confidentialité.

Ils en avaient déjà discuté dans son bureau. Enfin, discuter était un bien grand mot. Andrés lui avait simplement annoncé qu'elle aurait des documents à remplir à son arrivée à son appartement.

Un homme mince vêtu lui aussi d'un costume hors de prix sembla se matérialiser devant elle, et lui tendit une tablette.

— Remplissez vos données, lisez le document et signez-le.

— Il faut que j'y aille, annonça Andrés. Gino vous aidera en cas de problème.

Sans attendre sa réponse, il quitta la pièce, et Gabrielle suivit les instructions de l'homme qui devait être son avocat.

Le document était simple, concis et facile à comprendre. Elle s'engageait à ne révéler aucun détail concernant Andrés, son appartement, les conversations qu'elle aurait avec lui ou avec les autres invités de la soirée, y compris celles qu'elle aurait entendues sans y participer.

Comparée à la déclaration qu'Éloïse avait été forcée de signer, celle-ci n'était pas particulièrement contraignante, et n'interdisait pas à Gabrielle de parler de la soirée. Leurs situations étaient également radicalement différentes. Elle n'avait donc aucune hésitation à avoir.

Sophia lui laissa à peine quelques secondes pour rendre la tablette à Gino avant de lui prendre la main pour l'entraîner vers la porte par laquelle était sorti Andrés. Elle menait à un petit couloir pourvu de trois autres portes. Sophia ouvrit la plus éloignée, la faisant entrer dans la plus belle chambre qu'elle ait jamais vue. Enfin, non, ce n'était pas une chambre, mais une suite comme celles que l'on trouvait dans les hôtels les plus luxueux de la principauté qui n'accueillaient que des hôtes d'exception.

— Mesdames, voici Gabrielle, annonça Sophia. J'ai besoin que vous vous occupiez d'elle.

Cinq femmes ultra-sophistiquées l'observèrent avec attention durant plusieurs minutes avant de commencer à s'activer.

L'une poussa pratiquement Gabrielle dans une salle de bains moderne.

— Lavez vos cheveux avec ça, puis utilisez ceci, ordonna la plus grande en lui mettant un petit tube entre les mains. Laissez poser deux minutes avant de rincer. Quand vous sortirez de la douche, enroulez vos cheveux dans une serviette-éponge durant trente secondes maximum. Dépêchez-vous, ajouta-t-elle d'un ton brusque, et nettoyez-vous les ongles.

Une fois seule, Gabrielle se débarrassa de son uniforme et entra dans la douche qui semblait flotter depuis le plafond. Elle était tellement large qu'elle aurait facilement pu accueillir deux personnes.

Malgré elle, des images d'Andrés se tenant sous le jet tandis que l'eau ruisselait sur son torse s'imposèrent à son esprit, et une étrange chaleur se répandit entre ses cuisses.

Horrifiée par la tournure que prenaient ses pensées, elle secoua la tête, et se concentra sur l'écran digital sur lequel figuraient divers symboles et chiffres.

Ignorant comment procéder, elle appuya sur un cercle, et une eau à la température parfaite se mit aussitôt à couler.

Elle ouvrit la bouteille de shampooing et ne put retenir un soupir ravi comme un délicat parfum se répandait dans la pièce. Elle regretta de ne pas avoir le temps de se laver deux fois les cheveux.

Le petit tube était en fait un après-shampooing anti-frisottis. Elle l'appliqua généreusement sur sa chevelure, et se lava avec soin avec un gel douche aux lys avant de se rincer.

À regret, elle appuya de nouveau sur le symbole, et s'enroula dans une énorme serviette à la fois douce et moelleuse.

Lorsqu'elle regagna la suite, la chambre avait été transformée en un véritable salon de beauté. Plusieurs tables étaient couvertes de produits pour les cheveux, de maquillage, de brosses et de pinceaux prêts à être utilisés.

Installée sur le canapé, Sophia discutait avec une femme tenant un mètre ruban. Tournant la tête, Sophia lui adressa un sourire, et Gabrielle, embarrassée, baissa les yeux.

Si Sophia avait eu le pouvoir de lire ses pensées, elle aurait découvert qu'elle avait fantasmé sur son mari. Et même si ça n'avait pas duré, le mal était fait. Elle avait trahi une femme qui s'était montrée charmante et attentionnée avec elle depuis leur première rencontre.

Gabrielle s'en voulait horriblement. À ses yeux, dès qu'un homme s'engageait auprès de sa partenaire, il lui était interdit. Le mariage était l'union sacrée de deux êtres, et personne n'avait le droit de la briser.

Avant Lucas, elle avait toujours cru qu'elle rencontrerait un homme bien dont elle pourrait tomber amoureuse et qu'elle finirait par épouser. Las, mari et femme étaient censés se montrer complètement honnêtes l'un envers l'autre, unir leurs âmes et leurs cœurs. Et, dans l'intérêt de Lucas, elle ne pouvait pas prendre un tel risque. Les conséquences d'un mariage raté ou d'un divorce étaient bien trop dangereuses.

Se forçant à sourire, Gabrielle plongea son regard dans celui de Sophia.

Ce n'était qu'un fantasme sans gravité, une petite erreur mentale qui ne se reproduirait plus. Et lorsqu'ils arriveraient au palais, elle concentrerait toute son attention sur la reine Catalina et ses invités.

Installé sur le canapé, un verre de bourbon à la main, Andrés s'efforçait de patienter en regardant la télévision d'un air distrait.

Vérifier sa montre toutes les cinq minutes n'encouragerait pas les stylistes à travailler plus vite. Elles avaient beaucoup de travail, il fallait bien le reconnaître.

Sophia et lui n'étaient pas nés dans une famille riche. Il se souvenait toujours de la vie qu'ils menaient avant les manucures et pédicures hebdomadaires, avant tous les avantages dont ils bénéficiaient aujourd'hui. Il se rappelait les promesses qu'il se faisait quand il se rendait à l'école, les pieds à l'agonie, car ses chaussures étaient trop petites, en apercevant une voiture de luxe filer sur la chaussée ou des hommes vêtus de costumes parfaitement ajustés. La promesse qu'un jour lui aussi conduirait une belle voiture et porterait des vêtements coupés dans les plus beaux tissus.

Et lorsque son père rentrait à la maison après une longue journée pour retrouver sa mère, elle aussi épuisée par son travail, leurs relations étaient tellement glaciales qu'elles l'avaient convaincu de ne jamais se marier. À treize ans, il savait déjà qu'il serait riche, parcourrait le monde dans des tenues de luxe, et vivrait comme il l'entendait sans jamais fonder une famille.

Ses parents étaient la preuve vivante que les enfants n'étaient que des entraves qui vous empêchaient de mener la vie dont vous rêviez. Et en avoir avec une partenaire que vous haïssiez était la recette parfaite pour une vie de misère.

Si ses parents préféraient passer le restant de leurs jours ensemble mais malheureux, alors que leurs enfants avaient quitté le nid depuis longtemps, c'était leur choix. Andrés leur avait pourtant donné assez d'argent pour divorcer et mener leur propre vie…

Gabrielle, elle, n'avait pas commis cette erreur. Malgré ses efforts pour rester impassible, il avait noté sa façon de pincer les lèvres quand Sophia lui avait posé des questions sur le père de son enfant. De toute évidence, leur relation était compliquée, mais elle avait pris la décision sensée de vivre sans lui. N'était-ce pas mieux que de forcer un enfant à grandir au beau milieu d'un véritable champ de bataille ?

Malgré lui, ses pensées le ramenèrent à son ex, Susi. Heureusement, toute cette histoire ridicule était enfin terminée.

Il avait toujours su que l'enfant ne pouvait pas être le sien. Il était bien trop prudent pour commettre une telle erreur, mais une part de lui n'avait pu s'empêcher de s'imaginer qu'elle disait peut-être la vérité. Et si les tests avaient prouvé qu'il était bien le père, il se serait senti obligé de se lier à une femme qui cachait sa véritable nature sous un masque de charme et de sensualité.

Prenant une gorgée d'alcool, il songea à Gabrielle. Elle était très jeune quand elle était tombée enceinte… Pourquoi le père de son enfant n'était-il pas présent dans la vie de son fils ? C'était étrange, même si leur situation ne le regardait pas. S'il n'avait pas l'intention d'avoir des enfants, ce n'était pas à lui de critiquer la façon dont elle menait sa vie. Il ne supportait d'ailleurs pas que des inconnus ou des connaissances commentent ou jugent ses décisions.

La seule exception à cette règle était peut-être Gabrielle, car elle avait eu raison de le traiter d'enfant gâté. Il s'était conduit comme un véritable crétin.

Pour autant, sa réaction l'avait surpris. Sophia était la seule à oser lui faire une remarque quand elle l'estimait nécessaire, affirmant que c'était son devoir de grande sœur.

Vidant son verre, il vérifia sa montre. Ils devaient partir dans moins de cinq minutes s'ils ne voulaient pas arriver en retard au banquet. Ils allaient sûrement rater le début de la réception, mais ça n'avait aucune importance tant qu'ils étaient à l'heure et à leur place quand la reine...

Des voix féminines le tirèrent de ses pensées, et il se leva alors que la plus belle femme qu'il ait jamais vue apparaissait à la porte du salon.

3

Les escarpins que Sophia l'avait pratiquement forcée à mettre étaient parfaits. Non seulement, ils la grandissaient de quelques centimètres, mais ils lui évitaient également de trébucher sur sa robe qui était encore un peu trop longue.

Le problème était qu'elle n'avait plus porté de talons depuis qu'elle avait quitté son travail au casino, et marcher d'un pas élégant et assuré lui semblait une bataille perdue d'avance.

— C'est ça, un pied devant l'autre, l'encouragea doucement Sophia comme elle avançait en priant pour ne pas tomber.

Elle était tellement concentrée qu'elle ne remarqua même pas qu'Andrés l'observait en silence avant de croiser son regard. Son cœur se mit à tambouriner dans sa poitrine tandis qu'une étrange chaleur se répandait dans son corps.

Fasciné, Andrés eut besoin de plusieurs minutes pour reconnaître en la magnifique jeune femme qui lui faisait face l'agent qui avait fouillé sa voiture dans son uniforme et ses bottes de travail.

— Eh bien ? demanda Sophia, brisant le silence qui s'éternisait. Qu'est-ce que tu en dis ?

— Je trouve que tu sembles aller bien pour une malade, répondit-il sèchement en concentrant son attention sur elle.

— Je me sens beaucoup mieux, rétorqua-t-elle avec un

grand sourire, mais il est trop tard pour revenir au plan initial. Dis-moi plutôt ce que tu penses de la transformation de Gabrielle. Elle est magnifique, n'est-ce pas ?

Andrés ne pouvait pas lui donner tort. Il avait d'ailleurs du mal à réfléchir tant elle était belle.

Sa réaction s'expliquait sans doute par le contraste saisissant entre la femme qu'il avait rencontrée un peu plus tôt et la véritable déesse qui se tenait devant lui, rougissant légèrement sous son regard, vêtue d'une élégante robe bleu foncé qui dévoilait ses épaules, soulignait la courbe de ses hanches et se terminait en une petite traîne. Sa chevelure brillante retombait en vagues étincelantes jusqu'à la naissance de ses seins.

Il n'aurait jamais pu imaginer qu'elle cachait un corps aussi voluptueux et parfait sous ses vêtements informes, ou qu'un maquillage bien appliqué donnerait un tel éclat à son beau visage. Elle était superbe.

Non, il lui manquait des bijoux. Elle n'en portait aucun. Il était sur le point de proposer à Sophia de lui prêter les siens, avant de renoncer. C'était inutile. Gabrielle n'en avait pas besoin pour briller.

— L'équipe a fait un travail remarquable.

Les stylistes engagées pour Sophia étaient capables d'accomplir des miracles, mais le résultat était au-delà de ses espérances. Elles méritaient un bonus.

— Personne n'imaginerait qu'elle travaille comme garde-frontière.

— Je ne voudrais pas vous interrompre, mais vous avez conscience que je suis là et que j'entends tout ce que vous dites ?

— Je suis désolée, s'excusa Sophia d'un air contrit. Je suis terriblement excitée et heureuse pour vous.

— Excuses acceptées, rétorqua Gabrielle avec un sourire. Quant à vous, monsieur Morato, poursuivit-elle en plongeant ses yeux noisette dans les siens, n'oubliez pas que je suis un être humain et traitez-moi avec respect.

Andrés aurait pu s'offusquer de sa remarque s'il n'y avait pas eu cette pointe d'ironie perçant dans sa voix. De plus, même si elle venait de l'accuser de lui avoir manqué de respect, il ne pouvait nier qu'elle avait raison. Et, loin de se laisser impressionner par son statut ou sa fortune, elle avait clairement indiqué qu'il y avait des limites à ne pas franchir avec une franchise admirable. Si seulement ses employés pouvaient faire preuve de la même honnêteté...

Ils s'efforçaient de répondre à toutes ses demandes en veillant à ne pas le froisser... mais il n'en avait pas toujours été ainsi. Son tailleur personnel n'avait pas changé depuis le jour où il avait eu les moyens de se payer son premier costume sur mesure, mais lorsqu'il était entré dans sa boutique, plus de dix ans auparavant, il avait été traité avec la politesse réservée à n'importe quel client. Ce n'est qu'après être devenu riche qu'il avait pu bénéficier de cette déférence dont son entourage personnel ou professionnel ne s'était pas départi depuis. Certaines de ses ex-maîtresses semblaient même prêtes à tout pour obtenir ses faveurs.

Rencontrer une femme déterminée à l'affronter était à la fois rafraîchissant... et terriblement excitant.

— Avez-vous d'autres demandes avant que nous partions, mademoiselle Breton ? s'enquit-il avec un sourire. Ou vous contenterez-vous de ma promesse de ne pas me conduire comme un enfant gâté et de vous traiter comme un être humain ?

Elle se mordit les lèvres comme si elle se retenait d'éclater de rire.

— La promesse de me donner un cours accéléré d'étiquette suffira.

Andrés attendit que Gabrielle soit confortablement installée avant de refermer la portière.

— Tu as fait semblant d'être malade, déclara-t-il en se tournant vers Sophia. N'essaie pas de le nier.

— Je ne suis pas obligée de te répondre, rétorqua-t-elle avec un grand sourire, mais tu ne peux pas nier qu'il y a quelque chose entre vous. Elle est géniale.

Comme il se contentait de lui lancer un regard noir, elle continua :

— Elle te fait rire, Andrés. Et après ce qui s'est passé ces dernières semaines, tu mérites de t'amuser, et je suis certaine que tu t'amuseras davantage avec elle qu'avec moi.

Andrés retint un juron. S'il n'avait pas été aussi pressé, il lui aurait fait la leçon, mais il n'avait pas le temps.

Sophia l'embrassa sur la joue, lui arrachant un grognement, et il rejoignit Gabrielle alors que la voiture démarrait.

Irrité par les paroles de sa sœur, Andrés observa la jeune femme avec suspicion. Se pouvait-il qu'elle soit de mèche avec Sophia ? Après tout, elles avaient longuement discuté et s'étaient visiblement rapprochées pendant qu'il gérait ses problèmes personnels avec son avocat.

Nullement impressionnée, Gabrielle se contenta de hausser les sourcils avant de demander :

— Vous comptez me la donner cette leçon ? À moins que vous préfériez que je vous humilie ?

— Si vous avez des doutes, contentez-vous de faire ce que je fais. Et essayez de vous détendre.

Gabrielle qui avait suivi ses explications avec attention ne put retenir un rire moqueur.

— Comment voulez-vous que je me détende ? J'ai peur de toucher quelque chose et de faire une tache.

La voiture qui les emmenait au palais faisait partie de ces véhicules qu'elle apercevait régulièrement depuis son vélo, priant pour qu'aucun ne la renverse tandis qu'il filait sur la route, le moteur vrombissant. Elle n'avait d'ailleurs jamais imaginé qu'elle en emprunterait un, et pourtant...

L'intérieur était bien plus vaste qu'elle l'avait cru, et les sièges qui sentaient bon le cuir, tellement confortables. C'était une expérience incroyable.

— C'est une voiture, pas un musée, rétorqua Andrés en haussant les épaules. Les taches se nettoient.

Gabrielle retint un soupir. Elle ignorait comment quiconque pouvait vivre dans un univers aussi aseptisé et parfait. Comme sa voiture, l'appartement d'Andrés était immaculé. Il n'y avait pas la moindre trace de poussière sur les meubles grâce à l'armée de Minions qui apparaissait sans doute à la seconde où une miette s'écrasait au sol.

Avec ses cheveux ébène coiffés à la perfection et sa barbe sombre taillée avec soin, Andrés offrait également l'image de l'homme parfait. Personne ne devait lui rappeler de se nettoyer les ongles, et il n'avait probablement jamais effectué de travaux physiques de toute sa vie. Sans oublier l'assistant qui essuyait la moindre trace de sueur menaçant de lui couler sur le visage quand il s'entraînait.

Une paroi en verre les séparait du chauffeur, un luxe dont elle était reconnaissante tant elle était nerveuse. Et Andrés avait pris soin de garder ses distances dans l'espoir sans doute de la rassurer, mais les battements de son cœur étaient tellement bruyants qu'il était impossible qu'il ne les entende pas.

Il était tellement séduisant dans son smoking qu'il lui était difficile de se concentrer sur la conversation et de ne pas le fixer ouvertement. Malgré ses efforts, elle était impuissante face au charme viril qu'il dégageait... mais il en aurait sans doute été de même pour n'importe quelle femme.

La seule qui semblait immunisée était Sophia. Ses lèvres avaient à peine effleuré la joue de son mari avant de s'éloigner. Elle l'avait pratiquement ignoré, focalisant son attention sur elle avant de l'enlacer avec force pour lui dire au revoir.

Son comportement était difficile à comprendre, même si elle était aussi belle que son époux. Elle semblait convaincue que Gabrielle ne représentait aucun risque pour son mariage, sans quoi elle ne l'aurait pas encouragée à prendre sa place au bras de son mari même pour une soirée. Et bien qu'elle ne soit qu'une garde-frontière, mère d'un petit garçon, qui avait été transformée en Cendrillon par une armée de stylistes, Gabrielle aurait été incapable de se montrer aussi sereine si les rôles avaient été inversés.

— Que comptez-vous répondre si on vous demande pourquoi vous avez choisi d'assister à la fête avec une autre femme que votre épouse ?

— Que voulez-vous dire ? demanda-t-il en fronçant les sourcils.

— C'est Sophia qui était censée vous accompagner.

Son visage prit aussitôt un air horrifié.

— Sophia n'est pas ma femme, c'est ma sœur.

À ces mots, le cœur de Gabrielle sembla prêt à bondir hors de sa poitrine.

— Votre sœur ?

— Ma sœur, confirma-t-il.

— Mais vous portez le même nom...

— Votre maîtrise de ma langue maternelle est quasi parfaite, et vous contrôlez nombre de mes compatriotes tous les jours au poste-frontière, et vous voulez me faire croire que vous ignorez que les Espagnoles gardent leur nom de jeune fille quand elles se marient ?

— Je..., commença-t-elle avant de s'interrompre.

Jamais elle n'aurait pu imaginer que les Morato n'étaient pas un couple.

— Je n'y ai jamais réfléchi, et Sophia porte une alliance.

— Parce qu'elle est mariée, dit-il en insistant sur le mot. Son mari est en voyage d'affaires en Nouvelle-Zélande. Il est négociant en vins. Une simple recherche sur le Net aurait pu vous apprendre que je suis célibataire. Je ne suis pas marié, et pour que les choses soient parfaitement claires, je n'ai pas l'intention de me marier un jour, poursuivit-il en plongeant son regard dans le sien. Ça vous pose un problème ?

— Bien sûr que non, affirma-t-elle, bien qu'une part d'elle ne puisse pas s'empêcher d'être déçue, ce qui n'avait aucun sens.

Peu importait qu'il ne soit pas marié. Rien n'avait changé. Ce n'était pas un rendez-vous. Si elle était là, c'était uniquement parce qu'il était trop tard pour trouver une remplaçante à Sophia.

— Je croyais que vous étiez mariés, mais ça ne change rien.

Andrés l'observa un instant avant de hocher la tête.

— Tant mieux, parce que nous sommes arrivés.

Incapable de soutenir son regard plus longtemps, Gabrielle tourna la tête et se pencha pour regarder par la fenêtre.

La voiture passa la célèbre arche construite dans l'ancien mur de pierre entourant le domaine royal, et s'arrêta quelques mètres plus loin. Deux employés du palais apparurent aussitôt pour ouvrir les portières.

Gabrielle posa le pied sur les graviers de la cour et prit une grande bouffée d'air marin dans l'espoir de calmer les battements désordonnés de son cœur.

Le palais construit au bord de hautes falaises offrait une

vue magnifique sur la Méditerranée et possédait sa propre plage privée.

Andrés observait Gabrielle avec attention. Elle semblait à la fois nerveuse et excitée, et ne pouvait s'empêcher de lancer des regards curieux tout autour d'elle.

Comment avait-elle pu croire que Sophia et lui étaient mariés ? Y penser suffisait à lui donner la nausée. Sa remarque, aussi incongrue soit elle, lui avait au moins permis de prouver que Gabrielle ignorait tout des plans de sa sœur. Elle avait accepté sa proposition de la remplacer en toute bonne foi et sans arrière-pensées.

Pourtant, il fallait bien admettre qu'au-delà de sa gêne évidente de s'être trompée sur la nature de leur relation Gabrielle avait réagi d'une façon très étrange. Elle avait rougi comme une pivoine, et avait été incapable de croiser son regard durant de longues minutes.

Gabrielle choisit cet instant pour tourner la tête, et les rayons du soleil couchant illuminèrent sa chevelure et son visage, leur donnant un éclat radieux qui lui coupa le souffle.

Ses lèvres s'étirèrent en un sourire hésitant, et le besoin de les goûter se fit soudain impérieux. Étaient-elles aussi douces qu'elles en avaient l'air ? Le laisserait-elle la savourer avant d'ouvrir la bouche en une invitation muette ?

Son sang se mit à bouillir, et il en oublia même où il se trouvait, jusqu'à ce qu'un des gardes du palais se racle bruyamment la gorge comme pour mieux attirer son attention.

Ramené à la réalité, Andrés s'efforça d'ignorer ses pensées ridicules, et fit signe à Gabrielle de le suivre vers l'entrée principale. Ils étaient les derniers arrivés, mais il avait déjà prévenu la sécurité de l'identité de son invité, leur permettant de passer rapidement les différents contrôles.

Ce n'était pas sa première visite au palais depuis l'accession au trône de la reine Catalina. Il s'y rendait régulièrement et le décor grandiose ne l'impressionnait plus, d'autant qu'avec sa fortune il était habitué à évoluer dans un univers aussi luxueux. Il lui fallut donc plusieurs secondes pour réaliser que s'il avait suivi les employés chargés de les escorter il n'en était pas de même pour Gabrielle.

Elle se tenait plusieurs mètres en arrière, les yeux écarquillés et la tête relevée tandis qu'elle étudiait les plafonds et les hautes arches.

— Je sais que c'est votre première visite, dit-il en la rejoignant, mais nous avons moins de cinq minutes pour rejoindre nos places avant le début du banquet.

La voix profonde d'Andrés tira Gabrielle de ses pensées, la faisant rougir.

Jamais dans ses rêves les plus fous, elle n'aurait pu imaginer qu'elle se trouverait un jour dans la célèbre galerie des Portraits où étaient alignés des tableaux représentant les monarques de Monte Cleure. Il y en avait des dizaines ! Et elle allait bientôt se retrouver dans la même pièce que la reine ! C'était incroyable !

Les jambes tremblantes, elle posa une main sur son estomac dans l'espoir de se calmer, et croisa le regard d'Andrés qui l'observait d'un air à la fois amusé et bienveillant, un sourire étirant ses lèvres sensuelles.

— Tout ceci doit vous sembler angoissant. La première fois est toujours compliquée.

— Pour vous aussi ?

Elle avait du mal à l'imaginer mal à l'aise ou angoissé par quoi que ce soit.

— Je ne viens pas d'une famille riche, Gabrielle, avoua-t-il simplement. Je me souviens de la peur qui me serrait l'estomac quand je suis entré dans ce monde. J'étais certain que je serais jugé sur mon apparence et qu'on m'accuserait de n'être qu'un imposteur.

Gabrielle l'étudia avec attention. Il était tellement séduisant avec son costume taillé sur mesure qui semblait avoir été créé pour lui qu'il semblait inconcevable qu'il ait pu un jour douter de lui. Il était impossible qu'un homme comme lui n'ait pas sa place dans ce monde.

— Comment avez-vous fait ?

— Je me suis convaincu que j'étais à ma place, et que je pouvais atteindre n'importe quel objectif si je m'en donnais les moyens, répondit-il avec un sourire. J'ai également appris à maîtriser mes émotions pour que personne ne découvre combien j'étais nerveux.

— Et ça a marché ?

— Regardez où nous sommes, rétorqua-t-il en haussant les épaules. Vous en êtes capable aussi, ne vous inquiétez pas. Vous êtes très douée pour afficher un visage impassible.

— C'est vrai ?

Andrés faillit éclater de rire tant elle semblait étonnée.

— J'ai vraiment cru que vous aviez l'intention d'utiliser votre taser quand vous avez fouillé ma voiture.

— J'étais tentée, avoua-t-elle, ses lèvres s'étirant à son tour.

— Je m'en doutais. Je l'avais mérité, continua-t-il, honnête. Essayez de vous détendre, et si ça ne marche pas, inspirez profondément, relevez la tête et conservez une expression impassible.

Elle réfléchit un instant avant de soupirer pour relever le menton et prendre un air vide qui lui rappelait des zombies dans certains vieux films.

— Comme ça ?

Luttant pour ne pas éclater de rire, il murmura :

— Ce n'est pas l'expression dont je me souviens.

Elle sembla lutter pour conserver son sérieux, tout en soupirant de nouveau.

— J'ignorais que j'étais capable de prendre un air impassible.

— Vous y arriverez quand ce sera nécessaire. Prenez mon bras, offrit-il. N'oubliez pas que vous n'avez rien à craindre, et que vous pouvez compter sur moi. J'ai promis à ma sœur de prendre soin de vous, et je ne fais jamais de promesses que je n'ai pas l'intention de tenir.

Malgré elle, ses mots la touchèrent profondément au point d'hésiter à combler la distance qui les séparait. Sa réaction était pourtant ridicule. Andrés ne lui proposait que son soutien, rien de plus.

S'accrochant à lui, elle s'efforça d'ignorer la fermeté de son bras sous ses doigts et releva le menton, tout en regardant droit devant elle.

— Respirez, murmura-t-il.

Elle s'exécuta, et son parfum viril l'enveloppa, lui donnant envie de se presser plus étroitement contre lui pour... Quoi au juste ? Elle l'ignorait, mais elle avait du mal à réfléchir.

— Je suis désolé, mais nous sommes en retard, déclara Andrés quand un photographe se matérialisa devant eux alors qu'ils atteignaient les grandes portes ornées d'une arche faite de dizaines de roses.

— La réception vient de se terminer, répondit le photographe. Il nous reste quelques minutes avant que les invités ne s'installent à table.

Andrés l'interrogea du regard, et Gabrielle hocha la tête.

— Plus près, demanda le photographe.

Le souffle de Gabrielle se bloqua dans sa poitrine quand Andrés glissa un bras autour d'elle.

Son cœur se mit à battre la chamade tandis que la chaleur de son corps pressé contre le sien semblait se répandre en elle, comme si de la lave en fusion coulait dans ses veines.

S'efforçant d'ignorer ces étranges sensations, elle se força à sourire, et faillit pousser un soupir de soulagement quand le photographe s'éloigna.

Las, refusant de la libérer, Andrés posa la main dans son dos pour lui faire traverser l'immense salle, tandis que des centaines d'invités en tenue d'apparat cherchaient eux aussi à rejoindre leur table.

Gabrielle faisait des efforts surhumains pour ne pas les dévisager, et surtout pour faire abstraction de la main d'Andrés toujours posée sur elle, quand elle aperçut la femme qui était devenue une véritable héroïne à ses yeux.

Se rappelant soudain la véritable raison de sa présence au palais, elle accéléra inconsciemment le pas sans la quitter du regard.

— Venez-vous de glousser ? s'enquit Andrés d'un ton surpris.

— Je suis désolée, rétorqua-t-elle, excitée. Je n'ai pas pu m'en empêcher. Je viens de voir la reine !

Se forçant à détourner la tête pour ne pas se ridiculiser de nouveau, Gabrielle observa les autres invités et faillit pousser un cri de surprise.

Les chandeliers en cristal éclairaient d'un éclat doré des dizaines de présidents et de Premiers ministres, de dirigeants de grandes entreprises, de multimillionnaires, d'influenceurs de renom et d'acteurs dont le visage faisait régulièrement la une de la presse.

Nombre d'entre eux semblaient intrigués par sa présence, et s'efforçaient visiblement de découvrir qui elle était. Certains allaient peut-être reconnaître la garde-frontière qui avait contrôlé leur véhicule quelques jours plus tôt. Non, c'était peu probable.

Non seulement l'équipe de Sophia avait fait un travail incroyable en la transformant en véritable princesse, mais des gens aussi riches et importants ne prenaient sans doute pas la peine de mémoriser le visage des dizaines d'employés, d'assistants ou de travailleurs qu'ils croisaient quotidiennement.

— N'oubliez pas de respirer, murmura Andrés quand ils rejoignirent leurs sièges.

La pointe de son nez frôla une des mèches de cheveux de Gabrielle, et son parfum délicat et féminin lui chatouilla les narines. Combiné au shampooing floral qu'elle avait utilisé, il en devenait irrésistible.

Hochant la tête avec raideur, elle se tourna vers lui.

— Comment est mon visage ?

Plutôt qu'à un zombie, elle ressemblait à présent à l'une de leurs victimes s'efforçant de ne pas se faire remarquer dans l'espoir de les éviter.

Sa nervosité évidente était à la fois amusante et touchante. C'était la preuve que Gabrielle n'avait pas l'habitude d'évoluer dans le monde qui était le sien, et qu'elle faisait des efforts pour ne pas commettre de faux pas. Sa détermination était d'ailleurs admirable. Alors qu'il avait disposé de plusieurs années pour s'habituer à cet univers exigeant, Gabrielle n'avait bénéficié que de quelques heures.

— C'est horrible, commenta-t-il doucement. Essayez simplement de vous rappeler que chacune des personnes présentes, y compris la reine, va aux toilettes exactement comme vous.

Visiblement choquée, elle ouvrit la bouche et se pencha vers lui.

— Je n'ai aucune envie d'imaginer la reine Catalina allant

aux toilettes ! déclara-t-elle sèchement. Je préfère me la représenter comme une créature mythique apportant de l'espoir à ses sujets et se battant pour eux. Alors, je vous prie de ne pas briser mes illusions avec vos commentaires déplacés.

Plongeant son regard dans ses yeux bruns brillant de malice, Andrés inspira une autre bouffée de son parfum féminin, et une flèche de désir vint se ficher dans ses reins.

S'écartant légèrement, il profita de l'arrivée d'un serveur pour reprendre le contrôle de ses émotions.

Gabrielle observa le serveur verser un liquide ambré dans un petit verre en cristal et le prit d'un air prudent. Il dégageait une odeur sucrée qui la rassura, lui permettant également d'oublier un instant la présence d'Andrés à ses côtés.

Malgré ses efforts, elle ne parvenait pas à oublier les étranges frissons qui l'avaient saisie quand il lui avait murmuré quelques mots à l'oreille dans la voiture. Son souffle chaud sur sa peau avait manqué la faire frémir de plaisir.

— C'est du sherry, expliqua-t-il comme elle contemplait toujours son verre. Il est servi à l'ouverture du banquet. Dans quelques instants, nous nous lèverons pour porter un toast à la santé de la reine.

Il venait à peine de terminer sa phrase que quelqu'un frappa son verre pour le faire tinter.

Tous les invités se levèrent, et Gabrielle en fit autant, oubliant un instant qu'elle portait des escarpins aux talons vertigineux.

Perdant l'équilibre, elle agrippa désespérément la main d'Andrés dans l'espoir de ne pas tomber.

4

Si Andrés n'avait pas été aussi fort, ils auraient sûrement fini tous les deux au sol. Mais non seulement il réussit à conserver son équilibre, mais il fit également preuve de superbes réflexes.

Sans perdre une seconde, ses longs doigts se refermèrent sur les siens, et il l'attira à lui.

Gabrielle se sentit rougir. Non seulement elle avait failli les humilier tous les deux, mais son sein était pressé contre le bras musclé d'Andrés.

Ignorant les battements désordonnés de son cœur, elle se redressa, gênée et furieuse à la fois. Pour une raison inconnue, son corps ne lui obéissait plus. Sa main refusait de relâcher celle d'Andrés comme si un lien invisible les liait l'un à l'autre.

Enfin, après ce qui lui sembla une éternité, leurs doigts s'écartèrent comme à regret.

— Je suis désolée, murmura-t-elle.

— Ne vous inquiétez pas, tout va bien.

Un membre de l'assemblée demanda aux invités de lever leur verre, et Gabrielle s'exécuta d'un geste distrait.

Comment était-elle censée affronter le regard d'Andrés après ce qui venait de se passer ? C'était tout bonnement impossible ! Il n'avait pas l'air en colère, mais elle s'était complètement ridiculisée et avait manqué l'entraîner dans sa chute. Et pour ne rien arranger, les frissons qui l'avaient saisie dans la voiture étaient revenus et bien plus puissants qu'auparavant !

S'efforçant de se calmer, elle porta le sherry à ses lèvres et l'avala d'un trait à l'image des autres invités, mais l'alcool n'était pas assez puissant pour la calmer.

C'était la première fois qu'elle perdait ainsi le contrôle de ses émotions, ce qui n'avait rien d'étonnant. Non seulement elle se trouvait à la fête d'anniversaire d'une femme qu'elle admirait depuis des années, mais elle n'avait pas non plus l'habitude de sortir avec qui que ce soit.

Elle menait une vie simple entre son travail et l'adorable petit garçon qui l'attendait chez elle. Était-ce donc étrange qu'elle tombe sous le charme du premier homme séduisant qu'elle rencontrait ? D'autant qu'Andrés était bien plus que cela.

Il était magnifique, un véritable apollon à la fois viril et sensuel qui avait le pouvoir de séduire toutes les femmes qui croisaient sa route. Sa réaction était donc tout à fait normale.

Il était temps d'admettre qu'Andrés l'attirait, et que cette attraction s'était renforcée en découvrant qu'il n'était pas marié. La meilleure chose à faire était de profiter de sa compagnie et de la soirée, même si ce n'était pas un véritable rendez-vous. Elle n'aurait d'ailleurs pas accepté sa proposition si ça avait été le cas. Et Andrés lui-même ne l'aurait probablement pas invitée.

Les hommes comme lui fréquentaient des femmes sophistiquées habituées au luxe, à l'argent et au pouvoir, et non des gardes-frontières ennuyantes menant une vie simple et portant des uniformes informes. Tous les habitants de Monte Cleure le savaient : l'argent aimait l'argent.

Andrés oublierait sans doute son existence d'ici à quelques jours ou plutôt quelques heures. Il ne la reverrait plus jamais et effacerait son visage de sa mémoire à l'instant où sa voiture disparaîtrait après l'avoir ramenée chez elle. Il retournerait à sa vie, et elle à la sienne, ainsi qu'au merveilleux petit garçon qu'elle avait juré de protéger au péril de sa vie si nécessaire.

Vidant son verre, Andrés étudia Gabrielle avec attention. Cela faisait bien longtemps qu'il ne s'était pas senti aussi vivant. De la lave incandescente semblait avoir remplacé le sang coulant dans ses veines depuis l'instant où Gabrielle avait trébuché et pressé son sein contre son bras, manquant lui faire perdre le contrôle de ses émotions.

Quant à elle... sa façon de se mordre les lèvres tendait à indiquer que l'attirance qu'il éprouvait pour elle était réciproque.

Comme ils s'installaient de nouveau dans leur siège, les serveurs leur apportèrent des petits pains.

Andrés en choisit un et y étala une bonne couche de beurre avant d'en prendre une bouchée. La journée avait été longue et il était affamé.

Du coin de l'œil, il nota que Gabrielle en faisait autant, et il manqua s'étrangler en réalisant que sa peau avait la même teinte dorée que celle du pain. Était-elle aussi douce et aussi délicieuse ? Il lui suffirait d'y poser les lèvres pour le découvrir et...

— Quel vin devrais-je choisir ? demanda-t-elle, le tirant de ses pensées. Du blanc ou du rouge ?

— Prenez celui qui vous plaît.

— Je n'aime pas ça, avoua-t-elle avec une grimace. J'ai partagé une bouteille avec des amis il y a quelques années, et j'ai eu l'impression de boire du détergent.

Andrés faillit éclater de rire.

— Je suis certain que le vin qu'ils servent ici est bien meilleur.

— Je l'espère parce que je ne crois pas qu'il soit acceptable pour les invités de vomir sur les nappes en soie, rétorqua-t-elle, une lueur amusée dans les yeux.

Souriant à son tour, Andrés aperçut le serveur qui s'approchait.

— Il serait temps de vous décider.

— Je vous fais confiance, et si c'est aussi horrible que dans mon souvenir et que je suis malade, vous serez le responsable.

Malgré lui, Andrés éclata de rire. C'était peut-être sa remarque ou sa façon de le dire, mais l'effet était dévastateur. Sa sœur avait eu raison. Les réactions de Gabrielle l'avaient amusé durant leur précédente conversation, et elles l'amusaient tout autant à présent.

Il était probable que, même s'il n'avait pas réussi à régler le problème de Susi, Gabrielle aurait trouvé le moyen de lui permettre d'oublier son quotidien, ne serait-ce que pour quelques instants. C'était la première fois depuis bien longtemps qu'il se sentait aussi bien, et c'était grâce à elle.

Sélectionnant un vin rouge, il l'observa tandis qu'elle reniflait son verre avec méfiance.

— Si vous ne l'aimez pas, je peux leur demander de vous apporter autre chose.

— L'odeur n'est pas désagréable...

— J'espère bien.

Il leva son verre dans sa direction.

— Santé !

— Santé ! dit-elle en faisant tinter son verre contre le sien.

Elle prit une gorgée prudente, puis une autre.

— Dois-je en conclure que c'est meilleur que le détergent ?

Sa question était inutile. Il suffisait de voir l'expression de surprise mêlée de plaisir sur son visage pour le savoir.

— C'est...

Elle s'interrompit et secoua la tête.

Gabrielle avait l'impression de rêver. Comment aurait-elle pu imaginer que le vin puisse être aussi délicieux ? Elle n'avait jamais rien goûté d'aussi exquis… jusqu'à ce qu'elle prenne une bouchée d'escalope servie avec de la pancetta grillée, suivie d'un incroyable sorbet au citron pour se nettoyer le palais. Elle était au paradis !

Elle savoura chaque bouchée, heureuse de pouvoir concentrer son attention sur les arômes et les effluves de son dîner plutôt que sur Andrés. Non pas qu'elle ait l'intention de le goûter bien entendu.

Malgré elle, elle se demanda brièvement quelle saveur avaient ses lèvres, mais elle but une autre gorgée de vin pour ignorer ces pensées ridicules.

Grâce à ses efforts, elle réussit à le chasser de son esprit, et à profiter du repas et du cadre magnifique dans lequel elle se trouvait.

Les invités discutaient entre eux, et elle se serait volontiers contentée de les écouter en silence, mais Andrés semblait décidé à l'inclure dans la conversation, ou au moins à faire en sorte qu'elle ne s'ennuie pas.

Il savait d'instinct quel sujet l'intéressait ainsi que ceux qu'elle ne maîtrisait pas, et lui murmura discrètement quelques explications quand l'un de ses voisins de table se lança dans une tirade sur les cours de la Bourse allemande.

Si la proximité de son corps menaçait sans cesse de lui faire oublier ses bonnes résolutions, elle lui était néanmoins reconnaissante de sa prévenance.

Lorsqu'elle travaillait au casino, elle avait appris que la plupart des millionnaires composant la majorité de la clientèle se moquaient bien que leur compagne suive ou non la conversation. Leur rôle semblait limité à sourire et parader à leur bras dans une jolie robe.

— Que faites-vous ? demanda une blonde d'une quarantaine d'années, installée à côté d'Andrés.

Gabrielle, qui venait de saisir la carte en velours aux armoiries du palais sur laquelle était imprimé son nom en lettres dorées, s'immobilisa et lança un regard paniqué à Andrés.

Qu'était-elle censée répondre ? Elle n'avait pas envie de mentir, elle l'avait déjà assez fait, mais elle ne souhaitait pas non plus l'embarrasser.

Croisant son regard, il lui adressa un petit sourire avant de déclarer :

— Gabrielle est garde-frontière.

Gabrielle n'en crut pas ses oreilles. Elle n'avait jamais envisagé qu'il dise la vérité, non pas parce qu'elle le voyait comme un menteur invétéré, mais parce qu'elle ne s'attendait pas à ce qu'un homme comme lui reconnaisse avoir choisi une femme aussi banale pour l'accompagner à un dîner aussi prestigieux.

Andrés avait une fois de plus réussi à la surprendre. Ou plutôt, elle s'était une nouvelle fois trompée sur lui...

— Quel plaisantin vous faites, Andrés !

— Ce n'est pas une plaisanterie. Gabrielle a arrêté ma voiture à la frontière et l'a fouillée, continua-t-il en portant son verre à ses lèvres. Elle pourra vous le confirmer.

Il lui adressa un clin d'œil qui manqua la faire défaillir et prit une gorgée de vin.

— C'est la vérité, déclara-t-elle en anglais.

Elle parlait lentement, car elle ne le maîtrisait pas aussi bien que l'espagnol.

— Je travaille comme garde-frontière, et Andrés correspondait au...

Elle s'interrompit, ignorant comment traduire « profil ».

— Il correspondait à la description d'un passeur de cocaïne. Je l'ai accompagné parce que Sophia est malade. Je suis sa remplaçante.

— Oh ! vous êtes encore pire que lui, commenta la blonde en faisant la moue.

Gabrielle croisa le regard d'Andrés. La lueur amusée dansant dans ses yeux lui arracha de nouveaux frissons d'excitation qui se renforcèrent en réalisant qu'elle était capable de lire ses pensées. Il trouvait leur interlocutrice complètement ridicule.

Se rapprochant légèrement, et basculant en espagnol, il murmura à son oreille :

— Préparez-vous. Lucida va passer le reste de la soirée à tenter de déterminer qui vous êtes vraiment.

— Lucida, répéta-t-elle, surprise. Elle porte le nom d'une police d'écriture ?

À ces mots, une expression étonnée passa sur son visage, et il éclata de rire.

Plusieurs invités tournèrent la tête dans sa direction, visiblement surpris par sa réaction, et le cœur de Gabrielle se gonfla de joie et de fierté. Andrés semblait passer une bonne soirée en partie grâce à elle !

S'approchant encore, il baissa la voix.

— La légende raconte qu'elle l'a fait changer. Elle s'appelait Lucinda, mais quelqu'un l'a convaincue que Lucida était plus distingué.

— Je suppose que cette personne avait un grand sens de l'humour.

— Probablement.

Heureusement, un serveur leur amena leur plat, leur évitant d'avoir à expliquer ce qui les amusait tant, et permettant à Gabrielle de reprendre ses distances et de calmer les battements désordonnés de son cœur.

Avalant une gorgée de vin, elle se concentra sur sa pomme de terre soufflée, dont la chair délicieusement fondante manqua lui arracher un soupir de plaisir.

La proximité d'Andrés la rendait folle, mais c'était un prix dérisoire à payer pour avoir la chance de déguster des plats dignes des têtes couronnées et des vins qui semblaient avoir été choisis par Dionysos lui-même. Et en parlant de dieu grec, l'apollon qui l'accompagnait était encore plus dangereux que ce qu'elle aurait pu imaginer.

Si Andrés paraissait arrogant au premier regard, il n'avait rien d'un snob et possédait un sens de l'humour qui était tout simplement irrésistible. Elle avait vraiment de la chance !

— Je peux vous poser une question personnelle ?

Une alarme retentit en elle, mais elle s'efforça de garder un air impassible.

— Oui, mais je me réserve le droit de refuser de répondre.

— Très bien. Je me demandais simplement pourquoi vous faisiez ce travail ?

Gabrielle plissa les yeux pour l'étudier. Où voulait-il en venir ?

— C'est une question étrange...

Andrés prit une gorgée de vin et secoua la tête.

— De toute évidence, vous avez fait des études. Vous parlez trois langues et...

— Le français est ma langue maternelle, le coupa-t-elle, et tous les enfants nés à Monte Cleure apprennent l'anglais et l'espagnol à l'école. Ça n'a rien d'exceptionnel.

— Vous parlez l'espagnol aussi bien que moi, et votre anglais est excellent.

Gabrielle se sentit rougir. Elle avait toujours eu des facilités en espagnol, mais pas en anglais. Au contraire...

— Vous avez dû travailler dur pour apprendre à les maîtriser aussi bien, insista-t-il. Il y a également votre façon de parler, votre connaissance des polices d'écriture... Qui en connaît le nom ?

— Moi et vous.

— C'est vrai, mais uniquement parce que Janson Media m'appartient.

— La société de télévision ?

— Nous publions également des journaux et des magazines.

Il lui cita plusieurs noms qui lui firent écarquiller les yeux.

— Quand j'achète une entreprise, j'aime en connaître le moindre détail.

— Y compris les polices d'écriture ?

Il haussa les épaules en souriant.

— Je suis minutieux, mais c'est aussi la première grande entreprise que j'ai achetée. Ils éprouvaient des difficultés à faire la transition vers le digital, et les actions étaient bon marché, expliqua-t-il. Je suis à présent l'actionnaire majoritaire, et je suis sur le point de finaliser l'acquisition d'une société d'édition japonaise. J'ai toujours voulu m'implanter sur le marché asiatique, et c'est la première fois que j'ai une vraie chance d'y arriver. Mais revenons-en à vous, Gabrielle, poursuivit-il. Vous êtes une femme intelligente, et je n'arrive pas à croire que vous ayez toujours rêvé de devenir garde-frontière.

La gorge de Gabrielle se serra. Andrés semblait l'avoir parfaitement cernée, une constatation aussi terrifiante qu'excitante.

— Ce n'est pas la carrière dont je rêvais, avoua-t-elle d'une voix posée malgré les battements désordonnés de son cœur.

Elle n'avait rien à craindre. Ce n'était pas parce qu'Andrés avait réussi à tirer certaines conclusions qu'il était capable de lire dans ses pensées… ou de découvrir son secret.

— Mais je n'avais pas non plus envisagé de devenir mère à dix-neuf ans.

— De quelle carrière rêviez-vous ?

— Je voulais travailler dans l'édition. Pour les livres, précisa-t-elle aussitôt.

Il ne fallait pas qu'il pense qu'elle en parlait parce qu'il lui avait confié posséder une entreprise dans ce domaine.

— J'étais censée aller à l'université en Angleterre pour étudier la littérature anglaise. J'avais déjà été acceptée.

Andrés était impressionné. Il n'avait jamais compris comment certaines personnes pouvaient se contenter de vivre toute leur vie au même endroit. Il y avait tant à apprendre en voyageant.

— L'édition est un domaine assez vaste. Que vouliez-vous faire ?

— Je n'avais pas encore décidé, répondit-elle en haussant les épaules. Je savais juste que je voulais travailler dans un domaine en rapport avec l'écriture, le langage, les mots... Je comptais obtenir mon diplôme et voir où ça me mènerait. Ma mère est une grande lectrice, confia-t-elle avec un sourire. Nous n'avons jamais eu beaucoup d'argent, mais nous avions beaucoup de livres à la maison. J'ai toujours adoré l'idée d'être transportée dans un autre univers ou un autre monde simplement en en ouvrant un.

— Qu'est-ce qui vous a empêchée de réaliser votre rêve ?

Gabrielle lui adressa un regard ennuyé, comme si la réponse était évidente.

— Je vous l'ai déjà dit : j'ai eu un bébé. Je ne pouvais pas aller à l'université dans un autre pays avec lui ! Je n'aurais pas pu me le permettre, et même si j'en avais eu les moyens, ce n'était pas faisable. Il n'y a pas d'université à Monte Cleure, continua-t-elle avant de soupirer. De toute façon, ça ne sert à rien de penser au passé ou d'avoir des regrets parce que j'ai fait un choix. J'ai choisi Lucas. Je ne vais pas vous mentir : je n'ai jamais rêvé de devenir garde-frontière, mais je suis fière de mon travail. Et j'ai bien l'intention de gravir les échelons quand Lucas sera plus âgé et moins dépendant de moi.

— Ce n'était pas une critique, la rassura-t-il, notant sa façon de relever le menton comme pour le défier de commenter son mode de vie. Devenir parent inclut de faire des sacrifices, et j'ai de l'admiration pour ceux qui sont prêts à le faire sans hésitation pour leurs enfants.

Une étrange émotion passa dans ses yeux, et son cœur se serra douloureusement.

Gabrielle était si jeune quand elle était tombée enceinte. Il lui était difficile d'imaginer ce qu'elle avait traversé ou les défis qu'elle avait dû relever.

— Vous m'avez dit que vous viviez seule avec Lucas. Son père est-il présent dans sa vie ?

Gabrielle pâlit, et il regretta d'avoir posé la question. De toute évidence, c'était un sujet sensible.

— Ça ne me regarde pas. Je suis navré, je n'aurais jamais dû vous poser cette question. Oubliez-la.

Gabrielle but une gorgée d'eau et resta un instant silencieuse avant de soupirer de nouveau.

— Vous n'avez pas à vous excuser. Pour répondre à votre question, non, il n'est pas présent dans nos vies. Il n'y a eu que Lucas et moi depuis le jour où je l'ai ramené à la maison.

Ses lèvres si tentantes et envoûtantes qui lui donnaient de plus en plus envie de les goûter et d'en éprouver la douceur s'étirèrent en un sourire qui n'atteignit pas ses yeux.

— Et en parlant de Lucas, votre veste a-t-elle une poche intérieure ?

— Pourquoi posez-vous cette question ? l'interrogea-t-il, dérouté par ce changement de sujet.

— J'aimerais emmener le menu et lui offrir en souvenir, mais le sac que m'a prêté Sophia est tellement petit que j'ai peur de l'abîmer.

Le cœur battant, Gabrielle attendit sa réponse. Andrés

avait sans doute compris qu'elle ne souhaitait pas lui en dire davantage, mais allait-il insister ?

Elle aurait mieux fait de lui fournir l'explication qu'elle avait l'habitude de donner pour expliquer l'absence du Salaud : le père de Lucas était un touriste avec qui elle avait eu une aventure. Comme il lui avait donné un faux numéro, elle avait été incapable de le contacter pour le prévenir qu'il avait un fils.

Ce mensonge qu'elle avait répété des dizaines de fois lui venait de plus en plus facilement avec le temps, mais pour une raison inconnue elle ne pouvait se résoudre à mentir à Andrés. Comme si, au plus profond de son être, quelque chose se refusait à le tromper ainsi.

Après ce qui lui sembla une éternité, son regard sombre aussi fascinant que dangereux plongea dans le sien et s'adoucit.

Il tendit le bras, la manche de sa veste et de sa chemise révélant le début d'un tatouage, et une onde brûlante naquit entre ses cuisses, pulsant et se répercutant dans tout son corps.

Quelques secondes plus tard, le menu avait disparu dans la poche intérieure de son smoking.

— Si je suis enfermé dans le donjon pour vol, je compte sur vous pour me défendre, déclara-t-il d'un ton léger.

— Je m'agenouillerai devant la reine pour implorer sa pitié, promit-elle en riant, soulagée qu'il s'en tienne là.

Durant le reste du repas, Gabrielle se contenta d'eau tandis qu'ils continuaient à discuter.

Elle buvait rarement, et elle n'avait pas envie que le vin lui monte à la tête au risque de se ridiculiser. Elle n'avait d'ailleurs pas besoin d'alcool tant elle était grisée par la simple présence d'Andrés. Et lorsqu'il la contemplait avec insistance comme s'il buvait ses paroles, ses yeux s'arrêtant longuement sur ses lèvres, l'effet n'en était que plus dévastateur.

C'était comme si quelque chose s'était éveillé en elle. Elle ne contrôlait plus ni ses émotions ni son corps, et malgré ses efforts il lui était de plus en plus difficile d'ignorer l'incendie qui s'était déclaré en elle.

Il lui suffisait de sentir son souffle dans son cou, la chaleur de sa peau, son parfum viril et sensuel ou sa voix profonde pour manquer devenir folle. La seule solution était d'éviter de le regarder trop longtemps et de se concentrer sur le repas et leur conversation.

Qui aurait cru que le crétin arrogant qui avait failli faire une crise de nerfs parce qu'elle devait fouiller sa voiture se révélerait être un homme aussi fascinant ? Non seulement il était incroyablement sexy et séduisant – n'importe quelle femme se serait damnée pour avoir la chance de se retrouver dans ses bras –, mais il était également très intelligent et possédait un grand sens de l'humour.

Il lui était facile de lui parler, et elle aurait probablement pu l'écouter durant des heures. Il n'avait que dix ans de plus qu'elle, mais semblait avoir vécu plusieurs vies tant il avait d'histoires et d'anecdotes intéressantes à lui confier. Découvrir qu'il avait bâti un empire en partant de rien était tout simplement incroyable.

— Je pensais que vous ne cherchiez qu'à me rassurer en me disant que vous n'aviez pas toujours été riche, avoua-t-elle avec un sourire gêné.

Il venait de lui expliquer qu'il avait pris des cours à distance pour obtenir un diplôme en commerce, tout en allant à l'école et en travaillant comme barista durant les week-ends, ajoutant qu'à vingt ans il avait réussi à économiser vingt mille euros. Il les avait investis ensuite dans deux compagnies fondées par des amis d'enfance qui lui avaient permis d'amasser une petite fortune.

— Je m'efforçais effectivement de vous rassurer, admit-il avec un sourire sensuel qui lui coupa le souffle. Mais ça ne veut pas dire que je mentais.

— D'où vous vient une telle motivation ? s'enquit-elle, impressionnée par son parcours.

Ses journées semblaient interminables, et il voyageait aux quatre coins du monde pour négocier et conclure de gros contrats.

Andrés resta un instant silencieux comme s'il réfléchissait à sa question, et sa réaction lui plut. Il ne cherchait pas à lui donner une réponse toute faite. Non, il avait visiblement l'intention de se montrer honnête.

— Je crois qu'elle a toujours été en moi, finit-il par dire. Et ça doit être de famille, car Sophia est exactement comme moi. Nos parents ont toujours travaillé dur, mais ils gagnaient à peine assez pour nous faire vivre. Et encore, nous étions obligés de faire de nombreux sacrifices ... J'ai toujours voulu être riche, poursuivit-il avec un sourire, et je me suis débrouillé pour y arriver.

— C'est comme ça que ça marche pour vous ? demanda-t-elle, fascinée. Vous obtenez toujours ce que vous voulez ?

Andrés se pencha vers elle, et le souffle de Gabrielle se bloqua dans sa poitrine.

Son regard s'assombrit, et elle fut soudain incapable de détourner le regard.

— Toujours.

5

Le reste des invités avait disparu. Il avait même oublié où ils étaient.

Plus le repas avançait, plus il avait l'impression de redevenir l'homme qu'il était autrefois, celui dont les maîtresses se contentaient de lui offrir du bon temps, sans rien attendre de lui que quelques heures ou quelques jours de plaisir.

Avec le temps, il avait été forcé de se montrer prudent et de rester sur ses gardes en permanence, fixant des limites claires à ses partenaires. Il n'avait pas l'intention d'entamer une relation sérieuse et surtout pas de se marier ou de fonder une famille. Et si chacune avait semblé prête à respecter ses conditions, elles avaient toutes fini par se convaincre qu'elles réussiraient à le changer et à se faire une place dans son cœur.

C'était ridicule ! Comme si l'amour pouvait exister en dehors des liens du sang ! Ses parents avaient cru s'aimer, mais quelques années à peine après la naissance de leurs enfants ils étaient incapables de tenir une conversation polie l'un avec l'autre.

Dès que sa partenaire du moment mentionnait le mariage de quelque façon que ce soit, même au moyen d'une plaisanterie, il mettait un terme à leur liaison. Quant à celles qui « oubliaient » une brosse à dents dans sa salle de bains, l'expérience lui avait appris qu'ignorer ces tentatives ridicules menait irrémédiablement à des relations compliquées mêlées d'ennui et de disputes qui se terminaient en rupture désastreuse. La dernière en date avait d'ailleurs failli tourner à la catastrophe.

Heureusement, un coup de téléphone de son avocat lui avait permis de sortir de ce cauchemar, et la présence de Gabrielle en avait dissipé les derniers vestiges.

Bien qu'elle soit plus jeune que lui, Gabrielle n'avait rien de commun avec les femmes qu'il fréquentait lorsqu'il avait vingt ans. Il y avait pourtant quelque chose en elle qui lui rappelait cette période de son existence où il s'éveillait chaque matin, excité et enthousiaste à l'idée de découvrir ce que la vie lui réservait. Une époque où il était moins cynique et moins désabusé vis-à-vis des gens qui l'entouraient.

Dès l'instant où il avait accepté la proposition de Sophia d'emmener Gabrielle à sa place, il avait su qu'elle était différente de ses maîtresses habituelles. Une femme qui avait un enfant et des responsabilités, et qui évoluait dans un monde si différent du sien ne risquait pas de voir en lui un partenaire sérieux.

Au début de la soirée, Gabrielle lui avait clairement fait comprendre qu'elle n'attendait rien de lui, si ce n'était de la ramener chez elle dès la fin de la fête. Mais à présent... ?

C'était peut-être de l'arrogance, mais Andrés avait toujours su quand il plaisait à une femme. Et Gabrielle n'était pas insensible à son charme, c'était évident. Il suffisait de l'observer pour s'en convaincre. Mais ce qui la rendait aussi sexy et fascinante était qu'elle semblait ne pas avoir conscience des signaux qu'elle envoyait. Ils étaient pourtant bien là dans sa façon de se pencher vers lui ou de rapprocher son visage du sien, ses yeux noisette s'assombrissant de désir et devenant de plus en plus irrésistibles.

Gabrielle était peut-être la femme la plus intéressante et

intrigante qu'il ait jamais rencontrée. Elle était un mélange détonnant de sérieux et d'intelligence couplé à un sens de l'humour aussi absurde que délicieux. En un mot, elle était extraordinaire.

Posant le coude sur la table, il appuya le menton sur sa main pour mieux l'observer… et profiter du spectacle.

Gabrielle l'imita après avoir pris une gorgée de vin, sa longue chevelure cascadant sur son épaule.

— Je peux vous poser une question personnelle ?

— Uniquement si les mêmes règles s'appliquent à moi.

Gabrielle sourit lentement, et Andrés eut l'impression qu'une lance brûlante venait se ficher dans ses reins. Leurs visages n'étaient plus qu'à quelques centimètres l'un de l'autre.

— Pourquoi étiez-vous de mauvaise humeur un peu plus tôt ?

Andrés retint un juron. Lui qui croyait pouvoir passer une belle soirée sans penser à ce cauchemar, il s'était trompé…

— Je ne savais pas que vous l'aviez remarqué.

— Ne vous inquiétez pas, ce n'était pas aussi évident que cela, rétorqua-t-elle d'un air malicieux.

Andrés sourit à son tour, l'étudiant avec attention comme elle l'avait fait un peu plus tôt. Il n'était pas obligé de répondre à sa question, mais… une part de lui avait envie de se confier à elle.

— Je me suis retrouvé au cœur d'un conflit autour de la paternité d'un enfant.

Gabrielle resta silencieuse, mais elle écarquilla les yeux.

— Une femme que j'ai fréquentée durant un mois au cours de l'année dernière m'a contacté il y a quelques semaines pour m'annoncer que j'étais le père de son enfant.

— Et…, c'était, enfin, c'est le cas ?

— Non, répondit-il en secouant la tête. Je savais que cet enfant n'était pas le mien. Le contraire aurait été impossible, et un test ADN a confirmé ce que je savais déjà. Mon avocat m'a appelé pour me faire part des résultats pendant que vous fouilliez ma voiture, précisa-t-il.

Gabrielle s'écarta légèrement et posa la main sur son bras.

— C'était la perspective de devenir père qui vous a mis de si mauvaise humeur ?

— Non…, enfin, oui, mais ce n'est pas ce que vous pensez !

— Vous êtes capable de lire dans mes pensées ? s'enquit-elle en haussant les sourcils.

— Malheureusement pour moi, tout l'argent du monde ne me permettrait pas d'obtenir un tel pouvoir.

Mal à l'aise, il se frotta la nuque. Discuter de cette affaire d'une façon rationnelle avec ses conseillers juridiques était une chose, en parler avec Gabrielle en était une autre. Après tout, non seulement elle avait un enfant, mais elle l'élevait seule. Et même si elle refusait de se lamenter sur son sort, sa vie n'était sans doute pas facile.

— Gabrielle, j'aime les enfants, commença-t-il en plongeant son regard dans le sien. Je suis le parrain des fils de mes deux cousins, et j'adore passer du temps avec eux, mais je n'ai pas l'intention de me marier, ni de fonder une famille. Si j'avais des enfants, je risquerais de me retrouver coincé dans une relation toxique sans pouvoir m'en échapper. Je ne pourrais jamais agir comme le père de Lucas, avoua-t-il avec soupir. Je ne pourrais pas abandonner mon enfant. Je resterais à ses côtés comme mon père l'a fait pour moi, mais le mariage de mes parents était un cauchemar. Et je refuse d'envisager un tel avenir.

Vidant son verre, il secoua la tête.

— Je ne me souviens même pas d'une époque où mes parents étaient heureux ensemble. Ils ont pourtant toujours refusé de divorcer dans l'intérêt de Sophia et le mien. Enfin, c'est ce qu'ils disent, mais je crois plutôt qu'ils adorent se disputer et se détester.

— Ça a l'air horrible, mais tous les mariages ne se terminent pas comme ça. Mes parents étaient heureux, ajouta-t-elle en haussant les épaules.

— Étaient ?

— Mon père est mort quand j'avais dix ans, expliqua-t-elle d'une voix lourde d'émotion. Il a contracté une infection mortelle.

— Je suis désolé, dit-il, sincère.

Lorsqu'il était enfant, le divorce était sa plus grande crainte, mais il ne parvenait pas à imaginer comme il aurait vécu la mort d'un de ses parents.

Malgré lui, son cœur se serra douloureusement en songeant combien il les avait négligés durant ces dernières années. Ce n'était pas un choix délibéré, il avait simplement été trop occupé pour songer à autre chose qu'au travail.

— Merci. Il est décédé il y a treize ans, mais il me manque toujours, confia-t-elle avec un sourire triste. Il manque aussi beaucoup à ma mère. Sa mort l'a bouleversée. Mais comme je vous le disais, tous les mariages ne tournent pas au cauchemar.

Ce n'était pas la première fois qu'il entendait ces mots. Nombre de ses anciennes conquêtes lui avaient tenu un discours similaire dans l'espoir de le faire changer d'avis, en vain. Il avait d'ailleurs pris l'habitude de rompre au plus vite lorsqu'il se retrouvait dans une telle situation, mais son instinct lui soufflait que les intentions de Gabrielle étaient différentes. Elle souhaitait seulement lui apporter du réconfort.

— Je pense que la vie est trop courte pour prendre un tel risque. Je le sais mieux que personne, car je connais les conséquences d'un mariage raté. Si l'enfant de Susi avait été le mien, notre relation se serait dégradée rapidement. J'en suis certain, conclut-il gravement.

— Comment ? Comment pouvez-vous en être aussi sûr ? insista-t-elle.

— Elle a démoli ma Maserati à coups de batte de base-ball quand j'ai rompu avec elle. Elle a brisé toutes les fenêtres, et défoncé le capot, précisa-t-il en haussant les épaules. Elle avait l'intention de pénétrer dans le garage pour s'en prendre à mes autres voitures, mais la sécurité l'a arrêtée avant qu'elle en ait l'occasion.

Visiblement choquée, Gabrielle ouvrit la bouche avant de la refermer.

— Vous étiez ensemble depuis un mois ? finit-elle par demander, incrédule.

— Oui, et notre relation était loin d'être sérieuse. Nous ne nous sommes vus que quelques fois, cinq au maximum.

— Cette femme devait avoir de gros problèmes...

— En effet, c'est d'ailleurs ce qui m'a poussé à rompre avec elle. Et quand elle m'a annoncé que j'étais le père de son enfant, je savais qu'elle mentait, avoua-t-il avec une grimace. Je suis toujours extrêmement prudent lorsqu'il s'agit de contraception.

— Pauvre enfant, soupira-t-elle.

— Ne vous inquiétez pas pour ça.

Gabrielle était la première à manifester de l'inquiétude pour le bébé de Susi. Même Sophia qui était la seule personne au courant de la situation en dehors de ses conseillers juridiques ne s'était pas montrée aussi généreuse.

— Je connais bien les parents de Susi. J'ai souvent fait affaire avec son père, et nous avons discuté de la situation quand Susi a lancé ses accusations. Lui et Grace, son épouse, sont au courant que leur fille a besoin d'aide, et ils m'ont promis de veiller à ce qu'elle la reçoive.

À ses mots, Gabrielle se détendit et posa de nouveau son menton sur sa paume.

— Tant mieux. Et c'est très gentil à vous d'y avoir pensé.

Pour une raison inconnue, ses paroles le touchèrent profondément. Ça n'avait pourtant aucun sens. Pourquoi se souciait-il autant de l'opinion d'une femme qu'il ne connaissait que depuis quelques heures ? Et pourquoi n'avait-il pas pu s'empêcher de se confier à elle ? C'était incompréhensible.

Un serveur choisit cet instant pour se pencher entre eux et déposer le dernier plat de la soirée, et Andrés manqua lui lancer un regard noir. Comment osait-il les déranger ?

Gabrielle prit une bouchée de tarte au citron, et leurs regards se croisèrent de nouveau comme si un fil invisible les reliait l'un à l'autre. Andrés comprit alors : ses yeux étaient tellement expressifs, chaleureux et clairs qu'il lui aurait été impossible de lui cacher quoi que ce soit. N'importe quel homme aurait ressenti la même chose. C'était inévitable.

Incapable de tourner la tête, Gabrielle savoura son dessert tout en s'efforçant de ne pas succomber aux effluves du parfum d'Andrés. Les mets étaient exquis, et le vin, un véritable délice, mais aucun ne tenait la comparaison avec Andrés. Il était tout simplement irrésistible.

Elle s'était pourtant efforcée de garder le contrôle de ses émotions, en vain. Son cœur battait la chamade, et sa peau picotait chaque fois que son regard se posait sur elle. Quant à son corps, il vibrait d'excitation contenue, lui arrachant des frissons irrépressibles qui la laissaient comme ivre de désir.

C'était la première fois qu'un homme avait un tel effet sur elle. Mais sa réaction n'était-elle pas complètement normale étant donné la situation ?

Cela faisait des mois que son frère tentait de la convaincre de dîner avec l'un de ses amis, car selon lui personne ne pouvait rester seul toute sa vie. Cette isolation forcée allait à l'encontre de tous les instincts humains.

L'amour infini qu'elle éprouvait pour Lucas ainsi que sa peur de le perdre lui avaient permis d'ignorer ses conseils, mais la présence d'Andrés semblait avoir éveillé des émotions nouvelles en elle. Et si elle manquait cruellement d'expérience en la matière, elle n'était pas assez naïve pour ne pas voir la façon dont le regard d'Andrés s'attardait sur ses lèvres ou la pointe d'agacement qui était passée dans ses yeux à l'arrivée du serveur, comme s'il rechignait à s'écarter d'elle ne serait-ce que quelques minutes.

Pour autant, s'il était évident qu'Andrés partageait son trouble, elle s'était fait une promesse, celle de garder ses distances avec les hommes. Le risque était trop grand. Elle devait protéger Lucas, coûte que coûte.

— Parlez-moi de votre vie, demanda Andrés comme ils prenaient un café.

Il aurait pu discuter avec Gabrielle durant des heures, tant les expressions passant sur son visage et le mouvement de ses lèvres étaient fascinants. Il devait d'ailleurs faire des efforts surhumains pour ne pas imaginer ce qu'il ressentirait en les goûtant enfin.

Comme si elle lisait ses pensées, Gabrielle posa brièvement la main sur sa bouche en un geste dont elle n'avait probablement pas conscience, ce qui ne la rendait que plus attirante. Cette innocente naïveté avait quelque chose d'incroyablement érotique.

— Que voulez-vous savoir ?

— Je n'en sais rien, répondit-il en haussant les épaules. Comment se passe une journée typique dans la vie de Gabrielle Breton ?

— Elle commence par un petit déjeuner et des dessins animés, suivis d'une longue négociation avec Lucas pour lui expliquer qu'il ne peut pas quitter la maison vêtu uniquement d'un pantalon, expliqua-t-elle avec un sourire amusé. Je le dépose ensuite à la crèche ou chez ma mère quand je dois travailler le week-end, et je le récupère à la fin de la journée. On rentre à la maison, et on prépare le dîner ensemble. On va parfois au parc. Mon frère lui a appris à jouer au foot, et j'ai donc l'immense honneur d'être gardien de but, et de recevoir des ballons en plein visage plusieurs fois par semaine, continua-t-elle d'un ton ironique. Après le dîner, je me bats avec lui pour le mettre en pyjama, puis je lui lis une histoire. C'est sans doute une journée très différente de celle d'Andrés Morato, commenta-t-elle, un éclat irrésistible passant de nouveau dans ses yeux.

— Pas si différente que ça. Enfin si, continua-t-il comme elle faisait la grimace.

Ses filleuls partageaient pourtant le même amour pour le football, et réussissaient toujours à le convaincre de faire une partie avec eux.

Réalisant qu'il ne les avait pas vus depuis Noël, il serra les mâchoires, mais la voix mélodieuse de Gabrielle le tira de ses pensées.

— Votre vie est un mélange de luxe, de glamour et de voyages tandis que la mienne est faite de contraintes domestiques et de l'espoir ridicule d'attraper un multimillionnaire arrogant cherchant à passer une grande quantité de drogue à la frontière.

— Suis-je toujours sur la liste de vos multimillionnaires arrogants ?

Ses lèvres se plissèrent en une fausse concentration avant de s'étirer en un sourire.

— Je pense que nous pourrions nous contenter de la

reconnaissance faciale. Après tout, vous êtes un homme très important et très pressé qui injecte beaucoup d'argent dans notre économie locale. Je détesterais vous mettre en retard à un rendez-vous important.

— Vous semblez enfin avoir appris de vos erreurs, déclara-t-il en prenant un air suffisant.

— Une soirée avec un millionnaire aura suffi à me corrompre.

Une lueur amusée dansa dans ses yeux comme elle prenait une gorgée de café.

— Quand vous me ramènerez chez moi, je risque de piquer une crise de nerfs tant la situation est injuste. Ne devrais-je pas avoir des employés pour m'aider dans mes tâches ménagères ?

— Pour vous aider ? répéta-t-il d'un ton faussement déçu. Vos employés sont là pour réaliser ces tâches à votre place.

— Toutes les tâches ? l'interrogea-t-elle en riant.

— Absolument. Je suis un homme important et très occupé !

— Je suis surprise que vous ne l'ayez pas mentionné avant, le taquina-t-elle.

— Que voulez-vous ? Je suis un homme modeste.

— Vous pourriez peut-être donner des leçons aux autres millionnaires... Ah, non, j'oubliais : votre temps est précieux. Vous n'avez sans doute même pas le temps de vous préparer une collation quand vous avez faim, déclara-t-elle en soupirant comme si elle le plaignait.

— Je me suis versé un verre de bourbon pendant que vous vous prépariez, la corrigea-t-il. Est-ce que ça compte ?

Gabrielle éclata de rire, et Andrés serra les poings. Comment faisait-elle pour être aussi sexy ?

— À quand remonte la dernière fois où vous avez fait votre lessive ?

— Lessive ? Qu'est-ce que c'est ? s'enquit-il dans l'espoir de la faire rire de nouveau.

— Et le ménage ?

Andrés la contempla, fasciné. Avait-elle conscience de l'effet qu'elle avait sur lui ? Non, probablement pas. Il était pourtant à deux doigts de devenir fou.

— J'ai une vague idée de l'endroit où se trouvent la serpillière et le détergent dans la plupart de mes propriétés si ça vous intéresse ?

Gabrielle riait si fort qu'elle n'entendit même pas la sonnerie annonçant le dernier verre en l'honneur de la reine.

Ce n'est que lorsqu'un serveur leur amena des flûtes de champagne et que les autres invités se levèrent qu'elle réalisa qu'elle était censée les imiter.

— Si vous trébuchez de nouveau, n'hésitez pas à me tomber dans les bras, murmura Andrés, sa voix sensuelle manquant la faire défaillir.

Luttant pour conserver son équilibre, Gabrielle s'efforça de se calmer. Elle avait sûrement mal compris, ce n'était pas possible.

Le bras d'Andrés la frôla, et elle se mordit les lèvres. Non, elle ne s'était pas trompée. Andrés venait de reconnaître qu'il avait lui aussi senti cette étrange énergie qui les liait et menaçait de lui faire perdre le contrôle de ses émotions.

Le rouge lui monta aux joues en songeant à son comportement. Elle avait passé la soirée pendue à ses lèvres, à boire chacune de ses paroles, à se pencher vers lui à la moindre occasion, et à le taquiner sans hésitation ! Et si Andrés s'était rendu compte qu'elle flirtait avec lui – parce que c'était exactement ce qu'elle avait fait sans s'en rendre compte – peut-être s'imaginait-il que... ? Non !

Les jambes tremblantes, elle se réinstalla sur sa chaise et

l'écarta légèrement de celle d'Andrés. Elle devait impérativement mettre de la distance entre eux.

Dans l'espoir de se calmer, elle prit son portable et vérifia ses messages. Sa mère lui avait envoyé une photo de Lucas dormant dans les bras de Romeo, ce qui était exactement ce dont elle avait besoin pour oublier l'incendie qui couvait en elle et menaçait de tout emporter sur son passage.

Elle venait d'envoyer un cœur en réponse, quand Andrés posa le bras sur le dossier de sa chaise, sa manche lui chatouillant la nuque.

Avant même qu'elle ait le temps de réagir, il pressa sa joue contre la sienne, sa barbe naissante frôlant sa peau, lui arrachant de nouveaux frissons.

Le souffle court, elle s'efforça de combattre l'onde brûlante née dans son ventre et qui semblait se propager à tout son corps.

— Ce doit être votre frère, commenta-t-il, les yeux rivés sur l'écran. Il vous ressemble énormément. C'est votre fils avec lui ?

La gorge nouée, Gabrielle hocha la tête.

— Il est magnifique.

Gabrielle fut soudain incapable de réfléchir… ou de bouger. La proximité de son visage et de ses lèvres était bien trop dangereuse.

— Je trouve aussi, dit-elle d'une voix étranglée.

Heureusement, un membre du palais choisit cet instant pour annoncer que la fête allait se poursuivre dans la salle de bal.

Gabrielle faillit pousser un soupir de soulagement, mais se figea lorsque le nez d'Andrés lui frôla la joue, tandis que sa manche glissait de nouveau contre sa peau, emportant avec elle sa chaleur suffocante et pourtant réconfortante. Comment était-il possible d'être à la fois heureuse et déçue de le voir s'éloigner d'elle ? C'était tellement étrange…

Avisant qu'il lui restait du champagne, elle prit le temps de vider son verre dans l'espoir de reprendre le contrôle de ses émotions, avant de plonger son regard dans celui d'Andrés.

Il était déjà debout, et la contemplait, ses yeux sombres menaçant de l'engloutir tout entière si elle n'y prenait pas garde. Les battements de son cœur étaient d'ailleurs tellement assourdissants qu'il était inconcevable qu'il ne les entende pas.

Sans un mot, il lui tendit la main, et ses doigts se refermèrent sur les siens comme s'ils étaient doués d'une volonté propre. Mais que lui arrivait-il ? Elle n'avait même pas eu conscience de lever le bras. C'était presque comme si Andrés avait pris le contrôle de son corps !

Doucement, comme s'il craignait de la brusquer, il l'aida à se lever, et Gabrielle se perdit une fois de plus dans la contemplation de son visage aux traits à la fois nobles et sensuels, son parfum viril l'enveloppant une fois de plus. Elle ne s'était jamais sentie aussi fragile ni aussi femme qu'en cet instant… ni aussi terrifiée.

Enfin, après ce qui lui sembla une éternité, la réalité reprit ses droits, et elle réussit à s'écarter légèrement.

Las, si elle ne parvenait plus à sentir la chaleur de son corps, la lueur hypnotique brillant dans ses yeux la retenait toujours prisonnière. Il lui était impossible de le nier, comme il lui était impossible de se libérer.

— Quelle est la suite du programme ? s'enquit-elle d'une voix qu'elle ne reconnaissait pas.

Réalisant qu'Andrés pouvait facilement se méprendre sur sa question, elle rougit violemment avant de préciser :

— Je parlais de la fête évidemment.

Le regard d'Andrés s'assombrit, et un sourire amusé étira ses lèvres.

— De la danse et des cocktails.

Lui lâchant la main, il lui offrit son bras.

— Vous êtes prête ?

Avec l'impression de vivre un rêve éveillé, Gabrielle y posa la paume, exactement comme elle l'avait fait quelques heures plus tôt.

Il y avait pourtant une différence de taille : si elle tremblait légèrement à leur arrivée, c'était surtout d'excitation à l'idée de rencontrer la femme qu'elle admirait depuis toujours et d'anxiété à la perspective de dîner en compagnie de personnages importants.

À présent, elle parvenait à peine à se rappeler le visage des autres invités tant la présence d'Andrés était imposante. Et si elle avait su alors à quel point il lui serait difficile de lui résister, elle aurait affirmé avoir contracté la même maladie que Sophia.

Comme si elle aurait pu imaginer qu'il lui ferait un tel effet ! C'était imprévisible, incompréhensible. Personne n'aurait pu l'y préparer.

Pour autant, même s'il était évident qu'Andrés était la tentation faite homme, la situation n'avait pas changé. Elle avait une promesse à tenir. Il ne se passerait rien entre eux.

Gabrielle était tellement préoccupée par la situation qu'elle ne remarqua même pas les acteurs français qu'elle admirait lorsqu'elle était plus jeune et dont les visages ornaient les affiches de sa chambre d'adolescente. Ils n'étaient pourtant qu'à quelques mètres d'elle, exactement comme la reine quelques minutes plus tard.

« Si vous trébuchez de nouveau, n'hésitez pas à me tomber dans les bras. »

Par ses mots, Andrés avait libéré le génie de la lampe, et Gabrielle luttait pour oublier son ton sensuel plein de promesses.

Depuis l'instant où elle avait pénétré dans sa chambre d'hôtel, elle avait eu parfaitement conscience de l'attirance qu'il lui inspirait. Comment aurait-il pu en être autrement ? Andrés était tellement séduisant et sexy !

Et à présent, non seulement Andrés avait sans doute réalisé qu'elle était loin d'être insensible à son charme, mais il avait reconnu qu'il partageait son trouble. À demi-mot, peut-être, mais le mal était fait. Elle ne pouvait plus revenir en arrière.

Malgré elle, elle se rappela la chaleur de sa joue contre la sienne, et se demanda comment elle aurait réagi s'il avait tenté de l'embrasser. L'aurait-elle repoussé ou au contraire attiré à elle pour se presser contre lui et...

Une vague de chaleur puissante la traversa, manquant la faire chanceler, et elle se mordit les lèvres. Il y avait comme un manque au plus profond de son être, et elle ignorait comment le combler.

Des dizaines de serveurs apparurent avec des plateaux chargés de verres contenant des liquides colorés, et Gabrielle en sélectionna un de couleur rose. Elle était tellement distraite qu'elle le goûta à peine, l'alcool se révélant inefficace pour la calmer.

Une aide inattendue vint de plusieurs invités qui devaient avoir l'âge d'Andrés qui les rejoignirent pour le saluer, la forçant à le relâcher.

De toute évidence, il s'agissait d'amis d'Andrés, et lorsque la conversation s'éternisa, elle se retrouva tiraillée entre le soulagement de pouvoir échapper ne serait-ce que quelques instants à l'effet qu'Andrés avait sur elle, et la déception de voir leur tête-à-tête interrompu par des étrangers.

Il ne se passerait rien entre eux, elle en avait parfaitement conscience, mais elle aurait donné n'importe quoi pour revenir quelques heures en arrière, durant ces instants magiques où ils avaient discuté et plaisanté comme s'ils étaient seuls au monde, juste avant qu'elle réalise combien elle était en danger.

6

L'atmosphère de la salle de bal était radicalement différente de celle régnant dans la salle de banquet. La pièce elle-même était d'ailleurs deux fois plus grande, mais tout aussi richement décorée, les boules à facettes et les néons multicolores lui donnant un air étonnamment rétro.

De nombreuses tables rondes avaient été installées autour de la piste de danse, et lorsque leur groupe en choisit une, Gabrielle imita les autres femmes. Elle y posa son sac, et sélectionna un second cocktail qui devait sans doute être excellent, mais elle était trop préoccupée pour s'en rendre compte.

La piste était déjà noire de monde, mais Gabrielle suivit ses nouvelles amies, laissant les hommes discuter entre eux.

Consciente du regard d'Andrés, elle se força néanmoins à avancer sans se retourner. Elle devait impérativement mettre de la distance entre eux, et la présence des autres femmes, qui avaient visiblement l'intention de profiter de la fête, était exactement ce dont elle avait besoin pour reprendre le contrôle de ses émotions.

S'efforçant de se rappeler qu'elle vivait une soirée exceptionnelle, et qu'elle ne serait sans doute plus jamais invitée au palais, elle dansa comme elle n'avait pas dansé depuis des années, lorsqu'elle avait dix-huit ans et avait trouvé Éloïse évanouie dans la salle de bains, à quelques heures du début de sa soirée de fin d'études.

Elle se laissa emporter par la musique, ignorant ses pieds, fatigués et douloureux, malmenés par ses escarpins aux talons vertigineux. Son corps avait besoin d'évacuer l'étrange énergie qui s'était accumulée en elle durant des heures et qui la torturait en présence d'Andrés.

Las, elle avait beau s'abandonner aux rythmes frénétiques des basses, ce n'était pas suffisant. Elle pouvait toujours sentir le regard d'Andrés sur ses hanches et sa nuque. Il la brûlait presque, lui enjoignant de se retourner pour se perdre une fois de plus dans ses yeux sombres.

Incapable de résister plus longtemps, elle finit par succomber à la tentation, alors qu'il avançait d'un pas assuré pour la rejoindre.

Il avait ôté sa veste et son nœud papillon, et défait les deux premiers boutons de sa chemise. Son apparente décontraction manqua la faire défaillir. Il était tellement sexy !

Comment était-elle censée ignorer les délicieuses sensations qu'il éveillait en elle ? C'était tout simplement impossible. Aussi impossible qu'empêcher l'air d'entrer dans ses poumons ou l'incendie qui ravageait son être de brûler à la vue de la toison sombre qui s'étalait sur son torse musclé.

Le monde disparut exactement comme durant le banquet, et la magnifique blonde qui s'était assurée qu'elle ne se sente pas mise à l'écart et avec qui elle dansait jusque-là devint une simple silhouette aux traits flous.

Les yeux rivés sur elle, Andrés posa la paume sur sa hanche et lui prit la main. La douleur et la fatigue accumulée s'évanouirent, et Gabrielle eut le sentiment de flotter. Elle aurait sans doute quitté terre si Andrés ne l'avait pas retenue.

La musique changea, le rythme ralentissant, et son bras se glissa autour de sa taille pour l'attirer contre lui.

Andrés expira lentement, les battements de son cœur résonnant au plus profond de son être.

Sa chemise formait une barrière entre sa peau et la main de Gabrielle, mais elle était bien impuissante contre la morsure du désir qui lui brûlait les reins. La paume de Gabrielle était chaude, lui donnant l'impression d'être nu sous ses doigts.

Pire, les effluves de son parfum féminin l'enveloppaient, le torturant et lui donnant envie de plonger le nez dans sa chevelure pour inspirer à pleins poumons et prolonger ce délicieux supplice.

Il la désirait avec une force surprenante, et chaque note de musique semblait renforcer encore l'attirance qu'il éprouvait pour elle. Il était entièrement à sa merci et risquait de perdre le contrôle de ses émotions s'il n'y prenait pas garde.

La solution la plus simple était de mettre de la distance entre eux. Il lui suffirait de s'excuser et de quitter la piste de danse jusqu'à ce que l'incendie qu'elle avait allumé en lui s'apaise, mais il n'avait jamais été homme à reculer face au danger.

— Comment trouvez-vous la soirée ? s'enquit-il dans un souffle.

— Je passe un bon moment, je vous remercie, répondit-elle d'un air pincé.

Andrés fronça les sourcils. La Gabrielle qui l'avait accompagné ce soir était intrigante et surprenante, mais elle n'avait jamais fait preuve d'autant de politesse en s'adressant à lui. Même lorsqu'elle avait fouillé sa voiture, le ton de sa voix indiquait clairement qu'elle n'approuvait ni son comportement ni ses remarques, et qu'elle n'avait pas l'intention de chercher à gagner ses faveurs. Sa franchise était l'une des nombreuses choses qui lui plaisaient chez elle.

Il était d'ailleurs inutile de le nier plus longtemps : Gabrielle était l'une des créatures les plus sexy qu'il ait eu la chance de rencontrer. Son sens de l'humour, son intelligence, sa compassion, et sa force de caractère faisaient d'elle une femme incroyable. Il y avait également sa façon de savourer chacun des plats servis durant le banquet, l'étincelle qui s'allumait dans ses yeux quand leurs regards se croisaient, ainsi que la manière dont elle l'avait regardé quand il s'était approché d'elle sur la piste de danse. C'était à croire qu'elle ne voyait que lui.

— Vous êtes heureuse d'être venue ? insista-t-il en bougeant légèrement la tête pour mieux l'observer.

— Oui. Je vous remercie de m'avoir invitée.

Elle semblait tendue et gardait les yeux rivés sur son épaule, l'empêchant de déchiffrer l'expression de son visage.

— Tout le plaisir est pour moi.

Le DJ choisit un autre slow, et la piste de danse se remplit, les forçant à se rapprocher davantage.

Les seins de Gabrielle s'écrasèrent contre son torse, manquant lui arracher un juron tant son entrejambe devenait douloureux.

Pourtant, s'ils n'avaient pas été aussi proches, il n'aurait sans doute pas remarqué le frisson qui remonta le long de son corps, et la façon dont ses doigts s'enfoncèrent légèrement dans son dos.

— Je suis sincère, déclara-t-il en s'abandonnant enfin à la tentation d'enfouir son nez dans sa chevelure. Vous avoir à mes côtés ce soir est un véritable plaisir, Gabrielle.

Ses cheveux étaient aussi doux que de la soie... Mais comment faisait-elle pour avoir un tel effet sur lui ? C'était incompréhensible.

Gabrielle n'arrivait plus à réfléchir. La proximité du corps d'Andrés contre le sien, son souffle dans ses cheveux ainsi que son odeur virile et musquée étaient à deux doigts de la rendre folle. Elle devait impérativement mettre de la distance entre eux, sans quoi elle ne répondait plus de rien. Las, ses pieds semblaient cloués sur place.

Danser ainsi avec Andrés était de la folie, mais elle était incapable de résister plus longtemps. Ses seins pressés contre son torse musclé semblaient plus lourds et plus sensibles que d'ordinaire, et la peau de son dos picotait douloureusement. Pour autant, elle n'avait aucune envie de s'écarter. Au contraire, elle ne rêvait rien tant que de se coller davantage contre lui pour s'offrir à sa caresse.

Comme s'il lisait ses pensées, Andrés laissa sa main descendre sur ses fesses, et Gabrielle perdit toute raison.

Cédant à la tentation, elle tourna la tête et enfouit son visage dans son cou, son odeur sensuelle l'enveloppant et l'enivrant.

Andrés la plaqua plus étroitement contre lui, et elle étouffa un gémissement en découvrant la force de son désir. Euphorique, elle ne chercha pas à se libérer, savourant au contraire la fermeté de son corps contre le sien. C'était à cause d'elle qu'il était dans cet état, et cette découverte était incroyablement excitante et grisante à la fois.

Elle était sur le point de fermer les yeux quand la réalité reprit brutalement ses droits.

Se rappelant qu'ils étaient toujours au palais, et qu'elle avait une promesse à tenir, Gabrielle le repoussa et se libéra.

— J'ai besoin de prendre l'air, déclara-t-elle d'une voix rauque.

Terrifiée de se perdre de nouveau dans ses yeux, elle tourna les talons et traversa la salle pour s'échapper.

Le cœur battant, Andrés la regarda disparaître dans la foule. Il parvenait à peine à respirer ou à penser. Que lui avait-elle fait ? C'était à croire qu'elle lui avait lancé un sort !

Ignorant les autres couples, il s'élança à sa poursuite comme elle sortait par les grandes fenêtres menant aux jardins.

La soirée était douce, et d'autres invités avaient choisi de s'installer sur les bancs du patio, mais ils n'étaient pas nombreux.

Plissant les yeux, il aperçut Gabrielle, ses chaussures à la main, traversant la pelouse en direction du belvédère datant du XIXe siècle qui ressemblait à un château miniature.

Levant un instant les yeux pour observer le ciel étoilé, il la suivit, veillant à marcher d'un pas lent pour lui laisser le temps de se calmer.

Il n'était plus qu'à quelques mètres quand Gabrielle se laissa tomber sur un banc de marbre. Puis, comme si elle avait senti sa présence, elle tourna la tête pour le regarder approcher, exactement comme dans la salle de bal. À croire qu'un lien invisible les reliait l'un à l'autre...

Prudent, il s'appuya contre un pilier à quelques mètres d'elle pour l'étudier en silence. Son instinct lui soufflait qu'il valait mieux attendre que Gabrielle soit prête à parler, sans quoi elle risquait de se braquer ou de s'enfuir de nouveau.

— Je suis désolée d'avoir pris la fuite, dit-elle enfin, après ce qui lui sembla une éternité.

— Je vous ai fait peur ?

— Non, je..., commença-t-elle avant de secouer la tête. Je me suis fait peur. Andrés, je...

Elle s'interrompit, mais sans éviter son regard.

— Tout ça ne me ressemble pas. Ce n'est pas moi. Je ne fais jamais ce genre de chose.

Inutile de lui demander ce qu'elle entendait par là. Ils étaient tous les deux adultes et parfaitement conscients de l'attirance qu'ils éprouvaient l'un pour l'autre. Une attirance irrésistible, impérieuse, implacable…

— Voulez-vous que mon chauffeur vous ramène chez vous ?

Il détestait avoir à lui poser la question, car il ne parvenait pas à imaginer que la soirée se termine ainsi, mais il devait être sûr de savoir ce qu'elle voulait.

Gabrielle se leva et combla la distance qui les séparait sans en avoir conscience.

Elle s'était réfugiée dans les jardins pour calmer l'incendie qui la ravageait de l'intérieur et reprendre le contrôle de ses émotions, car elle n'avait pas le choix. Non, elle ne pouvait pas se laisser aveugler par le désir foudroyant qu'il lui inspirait. Elle avait d'ailleurs eu l'intention de rentrer chez elle au plus vite. À présent qu'il lui avait posé cette question, elle ne pouvait pas envisager de le quitter ainsi.

Se retrouver dans ses bras était une expérience incroyable qu'elle brûlait de vivre de nouveau. Elle ne rêvait rien tant que de sentir la chaleur de sa peau contre la sienne, et de s'enivrer de son parfum viril tandis qu'il lui donnerait du plaisir en la caressant comme aucun homme ne l'avait fait avant lui.

Comme elle approchait, Andrés serra les mâchoires, et elle le contempla, appréciant sa beauté sauvage et farouche.

Comme elle avait ôté ses escarpins, il semblait encore plus grand et viril, la dominant d'une bonne tête. Hypnotisée par ses yeux sombres, elle leva la main pour toucher son visage, mais Andrés fut plus rapide. Avec une grâce féline, il prit ses deux mains dans les siennes et pencha son visage vers elle.

Gabrielle avait l'impression de se noyer. Elle aurait sans doute dû lutter pour se libérer de son emprise, mais elle en était incapable.

Sans la lâcher, il posa la main sur sa hanche et pressa son front contre le sien.

— Voulez-vous que mon chauffeur vous ramène chez vous ? répéta-t-il d'une voix rauque de désir. Vous n'avez qu'un mot à dire si c'est ce que vous souhaitez. Je n'essaierai pas de vous retenir ou de vous faire changer d'avis. Je m'éloignerai et j'appellerai mon chauffeur. Que voulez-vous faire, Gabrielle ? l'interrogea-t-il, son souffle caressant ses lèvres. Dites-le-moi.

Il n'avait pas mentionné ce qui allait se passer si elle refusait, mais c'était inutile. Ils le savaient tous les deux.

Se libérant, elle fit remonter ses doigts le long de son bras, et posa la main sur son torse, lui arrachant un grognement. Il resserra la prise sur sa hanche tandis que son cœur battait à l'unisson avec le sien contre sa paume.

Comme elle le contemplait toujours, Gabrielle réalisa soudain qu'elle n'était pas obligée de faire un choix.

Andrés lui avait expliqué pourquoi il ne souhaitait pas entamer de relation sérieuse. Il n'y avait aucun risque qu'il n'exige plus que ce qu'elle était prête à lui offrir. Elle pouvait lui donner, se donner, une nuit sans briser sa promesse. C'était le destin qui les avait réunis, et il était trop tard pour revenir en arrière.

Si elle avait su qu'il était célibataire, elle aurait immédiatement refusé de l'accompagner, et aurait passé la soirée seule dans son minuscule appartement, ignorant qu'il possédait la clé des désirs qu'elle s'était efforcée d'enterrer au plus profond de son être depuis la venue de Lucas. Elle n'aurait même pas réalisé qu'elle était capable de ressentir des émotions et des sensations aussi extraordinaires.

Dès lors, n'avait-elle pas le droit de se montrer égoïste, l'espace d'une seule nuit en compagnie de l'homme le plus sexy du monde qui avait le pouvoir de la rendre folle de désir d'un simple regard ? Un homme qui n'exigerait rien qu'elle ne fût pas prête à lui donner ?

Elle s'approcha, et leurs lèvres se frôlèrent, manquant la faire défaillir.

Gabrielle n'arrivait plus à réfléchir. Il n'y avait plus que cette chaleur intense, suffocante qui se répercutait dans son corps, lui enjoignant de se plaquer plus étroitement contre lui.

Sans même en avoir conscience, elle s'accrocha à lui pendant que les doigts d'Andrés s'enfonçaient dans ses hanches, lui arrachant un gémissement qui s'interrompit quand il l'embrassa.

Glissant les doigts dans ses cheveux, elle oublia toute prudence tandis que sa langue explorait sa bouche, l'entraînant dans une danse sensuelle qui la laissa tremblante de plaisir.

Un éclat de rire retentit, brisant la magie de l'instant, et Andrés fut ramené à la réalité.

Étouffant un juron, il s'écarta de la femme qui lui avait fait perdre la tête d'un simple baiser. Une part de lui brûlait d'ailleurs de la goûter de nouveau, et d'explorer son corps jusqu'à ce qu'elle hurle de plaisir.

Andrés retint un grognement et secoua la tête dans l'espoir de s'éclaircir les idées. Que diable était-il en train de faire ? Ils se trouvaient dans les jardins du palais. N'importe qui pouvait les surprendre. Il devait impérativement se ressaisir.

Malgré lui, il posa les yeux sur Gabrielle, et serra les poings en réalisant qu'elle semblait aussi perdue que lui. Ses grands yeux bruns brillaient de désir contenu.

Comblant la distance qui les séparait, il glissa le bras autour de sa taille.

— Vous n'avez jamais répondu à ma question, lui rappela-t-il d'un ton plus sec qu'il n'en avait l'intention.

Le lien qui les unissait était incroyablement puissant, presque irrésistible, mais il refusait de profiter d'elle. Gabrielle avait semblé à la fois nerveuse et paniquée juste avant de s'enfuir. Il devait se montrer prudent.

Plongeant son regard dans le sien, elle s'agrippa à sa chemise, sa poitrine se soulevant rapidement.

Fasciné, Andrés attendit sa réponse, les mâchoires serrées.

— Je ne veux pas partir sans vous.

Andrés fut tellement soulagé qu'il faillit chanceler. Quel sort lui avait-elle lancé pour le mettre dans un état pareil ? Plus les minutes passaient, et plus Gabrielle paraissait belle et désirable. Il avait pourtant l'habitude de fréquenter des femmes magnifiques. Et, en toute honnêteté, Gabrielle était plutôt banale comparée à ses anciennes conquêtes. Alors pourquoi un seul de ses baisers avait-il failli le rendre fou ?

Gabrielle l'embrassa de nouveau, et toutes ces considérations s'évanouirent.

Lui prenant la main, il frotta son nez contre sa joue et murmura :

— Allons-y.

Ils regagnèrent la salle de bal pour récupérer le sac de Gabrielle ainsi que sa veste et son nœud papillon, avant de s'éclipser main dans la main, sans adresser la parole à qui que ce soit.

Ce départ rapide allait sans doute faire l'objet de nombreux commentaires, mais Andrés s'en moquait. À moins d'être aveugles, tous les invités présents avaient sans doute remarqué qu'il n'avait d'yeux que pour Gabrielle durant le banquet.

Dans la voiture, Andrés soupira pour se calmer. Cela faisait des années qu'il n'avait pas été aussi excité à l'idée de passer la nuit avec une femme.

Tournant la tête, il réalisa que Gabrielle l'observait en

silence, sa poitrine se soulevant rapidement, comme si elle était à bout de souffle. Son rythme cardiaque s'accéléra, et il pressa le bouton pour obscurcir la vitre de séparation, les coupant du monde extérieur.

Gabrielle trembla légèrement quand il posa la main sur sa jambe, mais ne se déroba pas lorsqu'il fit lentement remonter sa robe.

— Ça fait longtemps que vous n'avez pas passé la nuit avec un homme ? demanda-t-il en caressant la peau douce de sa cuisse.

Une lueur étrange passa dans son regard, mais elle hocha la tête.

— Nous ne sommes pas obligés de faire quelque chose qui vous déplaît, nous ne sommes même pas obligés de faire quoi que ce soit, déclara-t-il pour la rassurer.

La perspective d'être privé de ses lèvres si tentantes était pourtant une véritable torture.

En guise de réponse, Gabrielle posa la main sur sa joue et l'embrassa, avant de s'écarter pour l'étudier un instant et recommencer.

Cette fois, elle approfondit son baiser, les mouvements de sa langue alimentant le brasier qu'elle avait allumé en lui.

Incapable de résister plus longtemps, Andrés l'allongea sur le siège, et passa la main sur sa cuisse, lui arrachant de délicieux gémissements de plaisir avant de se pencher pour reprendre ses lèvres.

Ils n'étaient plus très loin de son appartement, mais Gabrielle était tellement belle qu'il ne pouvait se résoudre à s'écarter. Ses joues étaient rouges, et ses yeux semblaient littéralement brûler pour lui.

Il avait besoin de la goûter de nouveau, une fois de plus, avant de l'aider à se redresser et à ajuster sa robe. Et il aurait sans doute réussi à tenir sa promesse si sa main ne s'était pas refermée sur ses fesses rondes et parfaites, et si Gabrielle ne s'était pas plaquée contre lui en nouant les jambes autour de ses hanches.

Sans cesser de l'embrasser, Andrés posa la main entre ses cuisses, s'émerveillant de sa chaleur.

Gabrielle perdit toute inhibition. La chaleur étrange qui se répandait dans son ventre depuis le début de la soirée devint brûlante, lui enjoignant de ... Quoi, au juste ? Elle l'ignorait. Et lorsque Andrés glissa les doigts sous sa culotte, elle ressentit un plaisir si intense qu'elle gémit tout en roulant les hanches.

D'un geste maladroit, elle tenta d'ouvrir la fermeture Éclair de son pantalon, en vain, jusqu'à ce qu'Andrés interrompe un instant sa délicieuse torture pour libérer son membre en érection.

Dans un soupir de plaisir, elle le caressa dans un mouvement de va-et-vient qui lui arrachèrent aussitôt des grognements.

Gabrielle avait l'impression de flotter sur un nuage, mais elle en voulait plus. Comme s'il avait lu dans ses pensées, Andrés introduisit un doigt en elle sans interrompre sa caresse, et elle poussa un cri, alors que quelque chose semblait exploser en elle. Une vague de plaisir intense la balaya, emportant tout sur son passage.

7

Gabrielle semblait tellement surprise par la puissance de son orgasme qu'Andrés ne put que l'observer, fasciné. Ses pupilles étaient dilatées, et une délicieuse rougeur couvrait ses joues. Sa réaction était sans aucun doute la chose la plus érotique qu'il ait eu l'occasion de contempler.

Inspirant profondément pour se calmer, il se rhabilla, ignorant son entrejambe douloureux, et jeta un coup d'œil par les fenêtres teintées.

— Nous sommes arrivés, annonça-t-il d'une voix rauque.

Gabrielle cligna des yeux et leva la tête avant de se laisser retomber sur le siège.

— Ça va ? s'enquit-il en lui caressant la joue.

— Je suis un peu fatiguée.

Andrés s'écarta pour libérer la jambe de Gabrielle coincée entre son corps et le siège.

— C'est une bonne fatigue ou une mauvaise fatigue ?

— Une bonne fatigue, répondit-elle avec un sourire. Enfin, je crois.

— Tu veux que je te porte ? plaisanta-t-il à moitié.

Un autre sourire illumina son visage.

— Comme une vraie princesse ?

Pour une raison inconnue, ses mots le touchèrent.

— Comme une vraie princesse, confirma-t-il en veillant à prendre un ton léger.

— Je crois que j'arriverai à marcher, mais j'ai besoin de ton aide pour m'asseoir, dit-elle en lui tendant la main.

Andrés lui baisa le bout des doigts avant de l'aider à se redresser.

Elle ajusta sa robe, et Andrés glissa ses escarpins à ses pieds.

— Maintenant, je suis une véritable princesse ! déclara-t-elle comme le chauffeur ouvrait la portière.

Andrés sortit le premier, lui donnant quelques secondes pour se calmer, avant de prendre sa main pour traverser le parking privé de l'Imperium.

Sans lui, elle se serait sans doute écroulée tant ses jambes tremblaient, car elle n'avait jamais imaginé pouvoir un jour ressentir un tel plaisir ou s'abandonner ainsi dans les bras d'un homme.

Andrés était vraiment incroyable ! Non seulement il était à la fois viril et sexy, mais il semblait aussi habitué à profiter des plaisirs de la vie. La perspective de passer la nuit avec lui et d'expérimenter de nouveau ces incroyables sensations était aussi terrifiante qu'excitante.

Une part d'elle brûlait d'ailleurs de lui avouer qu'il lui avait donné son premier orgasme, mais son aveu mènerait à une conversation qu'elle n'était pas prête à avoir, d'autant qu'elle se savait incapable de lui mentir.

Comme ils entraient dans l'ascenseur, leurs regards se croisèrent, et Gabrielle ne put s'empêcher d'éclater de rire. Il lui avait donné tant de plaisir et ils n'avaient même pas encore atteint son appartement...

— Je peux savoir ce qu'il y a de si amusant ? demanda-t-il en l'enlaçant.

— Rien du tout. J'avais juste envie de rigoler, ajouta-t-elle en se redressant sur la pointe des pieds pour l'embrasser.

S'inquiéter était inutile. Andrés lui faisait plus d'effet que tous les hommes qu'elle avait rencontrés. Mais, comme tout ce qu'elle avait déjà vécu ce soir-là, le rêve prendrait fin au lever du soleil. Alors, pourquoi ne pas en profiter ? Elle ne vivrait plus jamais une telle expérience… et les baisers d'Andrés étaient irrésistibles.

Les portes de l'ascenseur s'ouvrirent, et Gabriel pénétra dans une pièce différente de celle de sa première visite.

Une pensée s'imposa à son esprit, la clouant sur place.

— Qu'est-ce qui ne va pas ? l'interrogea Andrés en fronçant les sourcils.

— Sophia…

Gabrielle se sentait incapable de le regarder dans les yeux. Proposer que son frère emmène une simple garde-frontière à un dîner au palais était une chose, mais découvrir qu'il comptait passer la nuit avec elle en était une autre.

— Ne t'inquiète pas, dit-il en posant les mains sur ses épaules. Elle est retournée à Séville.

Un homme d'une cinquantaine d'années portant un polo noir orné des lettres *AM* se matérialisa en silence.

Andrés lui adressa un signe de la tête en guise de salut, et se tourna pour lui permettre de l'aider à enlever sa veste.

— Elle m'a envoyé un message plus tôt dans la soirée. Elle s'ennuyait toute seule, et voulait dormir dans son lit. Merci, Michael, ajouta-t-il en anglais à l'adresse de l'homme qui devait être une sorte de majordome. Je n'aurai plus besoin de vous ce soir.

— Bonne nuit, monsieur, dit-il en baissant la tête.

— Bonne nuit, Michael.

Il disparut comme par magie, et Gabrielle réalisa soudain qu'ils étaient entièrement seuls pour la première fois de la soirée. Un frisson la saisit qui s'accentua lorsque Andrés lui prit la main pour l'entraîner dans une cuisine immaculée dernier cri.

— Du champagne ?

— Tu arriveras à te débrouiller sans ton majordome ? s'enquit-elle d'un ton mutin.

Voilà qui était mieux ! Gabrielle avait semblé tendue et nerveuse à leur arrivée, et cette plaisanterie indiquait qu'elle était enfin redevenue elle-même.

— J'en suis certain.

Il ouvrit un réfrigérateur, rempli de nourriture, et le referma, passant au suivant. Des dizaines de bouteilles de vin blanc, rouge et rosé ainsi que du champagne y étaient entreposées. Il en sélectionna une, et fouilla plusieurs placards à la recherche de flûtes.

— Tu ignores comment ta propre cuisine est rangée ? s'étonna-t-elle en riant.

— Je garde de l'alcool et des verres dans le salon au cas où j'ai envie de boire. Pour le reste..., poursuivit-il d'un air penaud, j'avoue que je n'y connais rien.

— Servir le champagne est donc le travail de Michael ?

— Ce n'est certainement pas celui d'Andrés.

Gabrielle leva les yeux au ciel.

— Si tu continues à parler de toi à la troisième personne, je rentre chez moi.

— Andrés ne parlerait jamais de lui à la troisième personne, rétorqua-t-il, ravi d'entendre Gabrielle éclater de rire.

Ouvrant un autre placard, Andrés trouva enfin ce qu'il cherchait et ouvrit la bouteille d'un geste expert.

— Je suis impressionnée, confia Gabrielle en ôtant ses chaussures pour s'asseoir sur l'îlot en marbre.

Andrés lui tendit un verre avant de lui donner un baiser passionné qui lui mit les reins en feu. Comment faisait-elle pour avoir un tel effet sur lui ? C'était incompréhensible, mais il s'en moquait. Il s'apprêtait à vivre ce qui serait sûrement la meilleure nuit de sa vie, et il n'y avait pas une minute à perdre en considérations inutiles.

— Santé !

— Santé !

Andrés prit une gorgée de champagne tout en étudiant Gabrielle.

— Tu es si belle, commenta-t-il en lui caressant la joue.

— Je ne savais pas que tu parlais le français, rétorqua-t-elle, les joues rouges.

— Un peu. Prenons un bain.

Si sa proposition sembla la surprendre, elle ne la refusa pas.

— Je ne suis pas pressé, ma belle. J'ai toute la nuit, dit-il en la soulevant dans ses bras pour la poser au sol.

Andrés prit les flûtes et la bouteille, et lui enjoignit de le suivre d'un regard brûlant.

Gabrielle n'hésita qu'une seconde avant de s'exécuter. Pourquoi n'avait-elle pas refusé sa proposition ? Il lui en avait pourtant donné l'occasion, mais elle n'avait pas pu s'y résoudre.

Comment était-elle censée avouer qu'elle était terrifiée à l'idée de se retrouver nue devant un homme, car ça ne lui était jamais arrivé ? C'était impossible, car Andrés ne manquerait pas de lui poser des questions auxquelles elle ne pouvait pas répondre. Elle aurait pourtant tant aimé lui avouer la vérité.

Gabrielle secoua la tête pour chasser ces sombres pensées, et écarquilla les yeux en découvrant une luxueuse salle de bains pourvue d'une immense douche à l'italienne et d'une longue baignoire. Une lumière tamisée donnait une atmosphère romantique à la pièce.

Avisant qu'Andrés l'observait avec attention, elle demanda :

— Tu as besoin d'appeler Michael pour savoir comment remplir la baignoire ?

Sans la quitter du regard, il pressa plusieurs boutons sur un écran incrusté dans le mur. Des jets d'eau sortirent des différents robinets tandis que de délicieux effluves se répandaient dans la pièce.

— Tu vois, déclara-t-il d'un ton sérieux, Andrés est capable de faire couler un bain.

Gabrielle faillit éclater de rire.

— C'est très impressionnant.

— Bien sûr que ça l'est, déclara-t-il en lui faisant un clin d'œil.

Il déboutonna sa chemise et s'en débarrassa rapidement avant de s'attaquer à son pantalon. Gabrielle suivait ses gestes, fascinée.

Elle savait qu'il était musclé, mais rien n'aurait pu la préparer à la vision de son torse et de sa peau hâlée couverte d'une toison sombre. Il était magnifique et tellement sexy avec son tatouage qui remontait le long de son bras.

— Tu aimes ce que tu vois ? l'interrogea-t-il avec un sourire sensuel.

— C'est... Tu n'es pas mal, répondit-elle avec une nonchalance feinte.

Comme s'il l'avait percée à jour, les yeux d'Andrés s'assombrirent pendant qu'il ôtait son pantalon et son caleçon.

Le ventre de Gabrielle se contracta aussitôt. Il était tellement beau, viril et imposant.

— Tourne-toi, ordonna-t-il en comblant la distance qui les séparait.

Les jambes tremblantes, Gabrielle s'exécuta, comme son érection devenait impossible à ignorer.

— Lève les bras.

Gabrielle obéit, et il descendit la fermeture de sa robe avant de la faire glisser de ses épaules, révélant sa poitrine.

Lentement, comme s'il craignait de la brusquer, il posa les mains sur ses seins, les caressant avant de taquiner la pointe de ses mamelons durcis par le désir.

Gabrielle gémit aussitôt et se pressa contre son torse en une prière muette. Elle en voulait plus.

— Tu es si belle, Gabrielle.

D'un mouvement expert, il la débarrassa de sa robe qui tomba au sol, et lui ôta sa culotte avant de la tourner vers lui.

Gabrielle aurait dû se sentir gênée, mais il n'en était rien. Il n'y avait que cette faim dévorante qu'il lui inspirait.

Guidée par son instinct, elle referma les lèvres sur son téton, et Andrés grogna en lui prenant les fesses pour la plaquer contre lui. Gabrielle le repoussa doucement et s'agenouilla pour embrasser son membre en érection.

Andrés en eut le souffle coupé. Il aurait dû s'écarter pour retrouver le contrôle de la situation, mais son corps ne lui obéissait plus. Et lorsque Gabrielle le prit dans sa bouche, il faillit devenir fou.

— Tu aimes ça ? s'enquit-elle timidement tout en continuant de le caresser.

— Oui, répondit-il d'une voix étranglée, mais, Gabrielle…

Il avait l'intention de lui demander d'arrêter, mais en fut incapable quand elle le goûta de nouveau.

Retenant un juron, il la repoussa doucement et la souleva dans ses bras pour l'emmener dans la chambre.

Gabrielle contempla Andrés comme il l'allongeait sur le

lit en maintenant ses poignets de chaque côté de sa tête. Son érection frôla son ventre, lui arrachant un frisson de plaisir. C'était elle qui l'avait mis dans cet état.

— Embrasse-moi, ordonna-t-elle.

Le reste du monde disparut. Il n'y avait plus que ses lèvres contre les siennes, et sa langue qui la savourait et l'explorait comme s'il voulait la dévorer.

Traçant un sillon de baisers brûlants dans sa nuque, il lui lécha les seins avant d'enfouir sa tête entre ses cuisses, lui arrachant un cri de plaisir.

Reprenant ses lèvres, il se coucha sur elle. Le moment était venu...

— Une protection, grogna-t-il. Il faut que...

Il s'écarta pour attraper un préservatif dans le tiroir de la table de nuit et revint se placer entre ses jambes.

La prenant par les hanches, il la pénétra d'un mouvement fluide qui lui coupa le souffle. Une pointe de douleur la saisit, et elle s'accrocha à lui, le cœur battant.

Andrés entama un lent mouvement de va-et-vient, et la douleur disparut, remplacée par des étincelles brûlantes qui se transformèrent rapidement en véritable incendie.

Nouant les jambes autour de sa taille pour l'attirer plus profondément en elle, Gabrielle s'abandonna à ces exquises sensations.

Andrés avait l'impression de devenir fou. Gabrielle était tellement étroite, tellement belle et passionnée qu'il ne rêvait rien tant que de prolonger ces instants pour l'entendre soupirer tandis que ses ongles s'enfonçaient dans son dos.

Prenant ses lèvres, il accéléra le rythme, et ses gémissements se firent plus prononcés comme elle se rapprochait de l'orgasme.

Son corps se tendit soudain, et elle cria son nom tandis que la jouissance l'emportait, l'attirant toujours plus loin et plus haut, jusqu'à ce qu'une onde de plaisir plus puissante que tout ce qu'il avait connu jusque-là le balaie à son tour.

8

Il était près de 4 heures du matin quand ils se décidèrent à prendre un bain.

Après avoir fait l'amour une seconde fois, Andrés avait vidé la baignoire et l'avait remplie de nouveau, allumant des bougies qui donnaient une atmosphère romantique à la pièce.

Sirotant sa flûte de champagne, Gabrielle ne put s'empêcher de soupirer en contemplant l'homme qui lui avait fait atteindre des sommets insoupçonnés.

— Tout va bien ? demanda-t-il en lui frôlant la jambe.

Ils étaient installés face à face.

— Très bien. Je n'ai pas envie que cette nuit se termine.

Craignant qu'il se méprenne sur ses intentions, elle ajouta :

— La réalité m'attend, mais j'ai bien l'intention de profiter du temps qu'il nous reste. Je ferai une sieste avant que maman et Romeo ramènent Lucas.

— Romeo ? répéta-t-il d'un air surpris. Ton frère s'appelle Romeo ?

— Je croyais t'avoir expliqué que ma mère était une grande lectrice, dit-elle, amusée par sa réaction. Elle est passée par une phase Shakespeare quand elle était enceinte de lui.

— Par quelle phase est-elle passée quand elle était enceinte de toi ?

— Je n'en ai pas la moindre idée. Mon père a réussi à la convaincre de choisir un nom normal.

— Tu as combien de frères et sœurs ?

— Nous sommes trois. Je suis la plus jeune.

— Le bébé de la famille, déclara-t-il avec un sourire, exactement comme moi.

— Je parie que tu détestais ça, dit-elle en lui caressant la cuisse.

Le souffle d'Andrés se bloqua dans sa poitrine. Gabrielle semblait avoir le don de le percer à jour. Pour un peu, il aurait pu croire qu'elle lisait ses pensées.

— Tout à fait.

— Je le savais, affirma-t-elle avec un sourire.

— Comment ?

Elle haussa les épaules, attirant son attention sur ses seins ronds et galbés.

— Je ne sais pas. Je n'arrive pas à t'imaginer heureux d'être cajolé et gâté, ou de te voir interdire de faire certaines choses comme ta grande sœur parce que tu étais trop jeune.

— Quand j'étais petit, ma grand-mère me pinçait les joues et me répétait que j'étais un adorable petit garçon, avoua-t-il avec une grimace. Je détestais ça, mais le pire était quand Sophia me surveillait. Elle prenait un malin plaisir à me donner des ordres.

— Tu lui obéissais ?

— À ton avis ?

Gabrielle plissa les yeux en réfléchissant.

— Je pense que tu faisais tout ce que tu pouvais pour l'énerver.

Andrés sourit de sa perspicacité.

— Et toi ? Non, attends, laisse-moi deviner, la pria-t-il en levant la main. Personne ne t'a jamais dorlotée.

— Comment le sais-tu ? s'enquit-elle, surprise.

— Tu n'as rien d'une enfant gâtée, répondit-il en l'étudiant avec attention.

Le corps de Gabrielle était si parfait qu'il était difficile de croire qu'elle avait porté un enfant. Il n'y avait aucune marque de grossesse, rien...

— Romeo a cinq ans de plus que moi, expliqua-t-elle, le tirant de ses pensées. Il était plus intéressé par ses amis que par sa petite sœur, mais il a toujours été là pour moi quand j'en avais besoin.

— Il en fait de même avec ton fils ?

— Il fait ce qu'il peut. Il travaille sur une plate-forme pétrolière, expliqua-t-elle. Sa petite amie habite Cadiz. Il partage ses vacances entre elle et nous.

— Et ton autre... ? Tu ne m'as pas dit si c'était un frère ou une sœur, fit-il remarquer.

Une lueur de tristesse s'alluma dans ses yeux, et elle tourna la tête, vidant sa coupe avant de répondre.

— Une sœur, Éloïse. Si j'étais née une semaine plus tôt, nous aurions été dans la même année à l'école.

— Je suis allé à l'école avec des jumeaux nés à quatre minutes d'intervalle. Sergio racontait à tout le monde qu'il était l'aîné.

Gabrielle se força à sourire.

— Éloïse n'était pas comme ça.

Elle avait toujours su au plus profond d'elle-même qu'elle devait protéger sa sœur.

— Assez parlé, déclara-t-elle en plongeant son regard dans le sien.

— Vraiment ?

C'était la première fois de son existence qu'elle s'autorisait à passer la nuit avec un homme, et le souvenir de ces instants demeurerait en elle pour le restant de ses jours. C'était un cadeau qu'elle avait l'intention de chérir, et parler d'Éloïse alors que le sujet était tellement sensible était bien la dernière chose dont elle avait envie en ce moment.

S'installant sur les genoux d'Andrés, elle vida son verre et déposa les deux coupes vides sur une armoire, avant de poser les mains sur son torse. Elle était ivre, d'alcool, de désir, mais également d'Andrés et de sa façon de la toucher et de la regarder.

Elle prit ses lèvres, savourant la chaleur intense qui se répandit en elle à l'instant où leurs langues se touchèrent.

Pour la première fois de son existence, elle réalisait pleinement ce à quoi elle avait renoncé en choisissant de rester célibataire. Il y avait le plaisir physique bien entendu, mais également cette connexion physique et émotionnelle qui lui manquerait cruellement quand elle quitterait cet appartement d'ici à quelques heures.

Un autre homme aurait peut-être pu lui donner autant de plaisir qu'Andrés, mais elle savait au plus profond de son cœur que le lien qui les unissait était magique. Aussi avait-elle bien l'intention de profiter des instants qui lui étaient donnés avant de le quitter pour de bon.

Penchant la tête en arrière, elle offrit ses seins à sa caresse, s'abandonnant au feu qui couvait en elle comme il la goûtait avec enthousiasme, lui arrachant des soupirs de plaisir.

La brûlure entre ses cuisses se fit plus intense, et elle se souleva légèrement pour venir s'empaler sur son membre en érection.

— Bon Dieu, Gabrielle !

Andrés était au paradis. Il n'y avait plus que le corps parfait de Gabrielle contre le sien, et sa douceur chaude et humide l'emmenant vers des sommets inexplorés. Plus aucune barrière, aussi fine soit-elle, ne les séparait, et il en voulait plus.

Lançant les hanches à sa rencontre, il savoura ses soupirs qui se transformèrent en gémissements quand l'orgasme la surprit.

Quelques secondes avant de s'abandonner au plaisir à son tour, il eut la présence d'esprit de la soulever pour ne pas se répandre en elle.

Gabrielle écarquilla les yeux avant de refermer la main sur son membre en érection pour l'emmener vers la jouissance.

Il était encore tôt quand Gabrielle se réveilla dans les bras d'Andrés qui dormait à poings fermés.

Une douleur intense lui vrillait le crâne, mais elle n'était rien comparée à celle qui lui serrait le cœur. Le rêve était terminé, la réalité avait repris ses droits.

Après un rapide coup d'œil à sa montre, elle se libéra avec des gestes prudents et enfila une robe de chambre noire accrochée derrière la porte de la chambre. Elle était bien trop grande, et avait l'odeur d'Andrés.

Ravalant ses larmes, elle se rendit dans la salle de bains où l'attendait sa robe, parfaitement pliée sur une chaise qui n'y était pas la veille. Ses escarpins ainsi que son sac avaient également été placés avec soin.

Le costume d'Andrés, les bouteilles de champagne ainsi que les coupes avaient, eux, disparu. Et la salle de bains était aussi immaculée que lorsqu'elle y avait pénétré pour la première fois, presque comme si les instants qu'ils avaient partagés n'avaient jamais existé. Ce n'était pourtant pas un rêve…

Enfilant sa robe, elle étudia son reflet dans le miroir, choquée de découvrir que rien n'avait changé. Contrairement à ce qu'elle avait pensé, sa nuit avec Andrés n'avait laissé aucune trace sur son visage. Elle se sentait pourtant différente… même si la vie qu'elle menait et qu'elle s'apprêtait à retrouver était toujours la même.

Son cœur se serra de nouveau, et elle soupira profondément dans l'espoir de se calmer. En vain. Comme elle se coiffait, une larme roula sur sa joue qu'elle essuya d'un geste rageur. Elle devait impérativement se ressaisir.

De retour dans la chambre, elle prit un instant pour observer le décor : les grands placards d'un bleu sombre, et l'immense lit où elle avait donné sa virginité à un homme qu'elle désirait de tout son cœur et de toute son âme. Si seulement...

Gabrielle secoua la tête pour chasser ces pensées ridicules. Lucas était sa seule priorité. Son bonheur et son bien-être passaient avant tout.

Traversant la pièce sur la pointe des pieds, elle posa un baiser sur la joue d'Andrés qui s'éveilla aussitôt. Il cligna plusieurs fois des yeux avant de s'allonger sur le dos, tendant le bras vers le lit vide à ses côtés.

— Tu t'en vas ? s'enquit-il d'une voix rauque de sommeil.

Trop émue pour parler, Gabrielle se contenta de hocher la tête.

— Je devrais te ramener chez toi.

— Ce n'est pas une bonne idée, rétorqua-t-elle en lui caressant les cheveux.

Ils avaient beaucoup bu.

— J'ai l'impression que ma tête va exploser, avoua-t-il avec un sourire peiné.

Elle éclata de rire avant de grimacer.

— La mienne aussi.

— Ça valait la peine. J'ai passé une nuit incroyable, Gabrielle, ajouta-t-il, l'intensité de son regard la faisant frissonner.

— Moi aussi.

C'était la plus belle nuit de sa vie.

— Michael va te ramener et faire livrer ton vélo et tes affaires chez toi.

— Merci, dit-elle avant de l'embrasser. Merci pour tout.

Andrés l'attrapa par le cou, et l'embrassa avec tant de passion que sa douleur disparut.

La libérant, il glissa son bras derrière sa tête, lui offrant le spectacle de son corps musclé et de son érection bien visible sous le drap.

— Tu es sûre que tu ne peux pas rester ? demanda-t-il avec un sourire sensuel.

Gabrielle éclata de rire, malgré le désir incandescent brûlant dans ses veines.

L'embrassant de nouveau, elle se leva et regagna la porte, se tournant pour lui envoyer un baiser.

Andrés pressa ses lèvres avant d'en faire autant.

La matinée était déjà bien entamée quand Andrés se leva enfin.

Enfilant sa robe de chambre, il ne put retenir un sourire en songeant à la nuit qu'il avait passée. Elle avait été incroyable, bien au-delà de tout ce qu'il aurait pu imaginer. Il n'aurait peut-être pas à étrangler Sophia en fin de compte...

Il n'avait pas l'habitude de boire autant, et si sa tête le faisait souffrir, c'était un faible prix à payer pour le plaisir que lui avait procuré Gabrielle. Mieux, elle n'avait pas cherché à le convaincre de la laisser rester ou de la revoir.

Pourtant, il devait bien admettre que si elle n'avait pas dû retrouver son fils il l'aurait encouragée à retourner au lit avec lui, tant le sexe avait été incroyable. Il lui suffisait d'ailleurs d'y penser pour la désirer de nouveau douloureusement.

Une tache sombre attira soudain son attention. Repoussant le drap, il l'étudia et réalisa que c'était du sang.

Un véhicule étincelant à l'allure futuriste s'approcha de la frontière, et le cœur de Gabrielle fit un bond dans sa poitrine. C'était une réaction ridicule, mais c'était plus fort qu'elle, et ça durait déjà depuis des jours.

Aucune des voitures contrôlées n'était la sienne, ce qui n'aurait pas dû la surprendre. La banque de données reprenant tous les résidents non domiciliés à Monte Cleure, et à laquelle elle avait accès dans le cadre de son travail indiquait qu'il avait quitté la principauté dans la soirée de dimanche.

Elle se demandait pourtant où il était et ce qu'il faisait, allant même jusqu'à s'imaginer tomber sur lui par hasard alors qu'elle roulait à vélo. Il lui sourirait et...

— Gabrielle ?

La voix de sa collègue la tira de sa rêverie.

— Désolée, murmura-t-elle. J'étais distraite.

— Qui est-ce ? s'enquit Anna en se penchant vers elle.

— Quoi ?

— Je suis sûre que c'est un homme. Tu souris en permanence et tu sembles sur une autre planète.

Gabrielle se sentit rougir et secoua la tête.

— Tu te trompes. Il n'y a personne.

Heureusement, trois voitures s'engagèrent dans la file, et elle put s'échapper, mais les paroles d'Anna continuèrent de résonner à ses oreilles.

Gabrielle avait toujours su qu'Éloïse était tombée amoureuse en la voyant perdue dans ses pensées, un sourire aux lèvres. Et il n'avait pas fallu longtemps pour que cet amour naissant se transforme en passion destructrice. Mais elle n'était pas Éloïse.

Ce qu'elle ressentait pour Andrés n'était pas de l'amour. C'était une connexion intense qui l'avait amenée à découvrir le plaisir physique. Et même si ces instants avaient été merveilleux, il était temps d'enfermer ces souvenirs dans un recoin de son cœur, et de passer à autre chose.

Andrés inspira profondément et offrit son visage au soleil.

— Prenez l'hélicoptère, ordonna-t-il à son assistante personnelle, son garde du corps et son avocat. Je préfère conduire.

Il n'avait pas encore eu l'occasion d'étrenner sa nouvelle voiture, et il n'avait plus aucun rendez-vous avant le lendemain. Pourquoi ne pas en profiter ?

Les routes menant à Monte Cleure étaient pratiquement désertes, et Andrés songea à sa dernière visite trois semaines plus tôt.

Sophia l'avait appelé, le lendemain du banquet, pour l'interroger sur sa soirée avec Gabrielle, et il avait pris un malin plaisir à ignorer toutes ses questions. Tout au plus avait-il confirmé qu'il n'avait pas l'intention de la revoir, ce qui l'avait profondément déçue.

Elle ne comprenait pas que, même si sa nuit avec Gabrielle avait été incroyable, il n'avait pas envie d'entamer une relation plus sérieuse avec elle et de risquer de gâcher ses souvenirs mémorables.

Comme il rejoignait le poste-frontière, il se demanda brièvement si elle travaillait ce jour-là, même si sa décision de conduire n'avait rien à voir avec elle.

Se recoiffant, il rejoignit la file de reconnaissance faciale, passant le visage des gardes en revue. Gabrielle n'était pas là. La lumière verte s'alluma, et Andrés passa la frontière.

Vérifiant que personne ne lui prêtait attention, Gabrielle s'introduisit dans le système et vérifia la liste des voitures ayant pénétré sur le territoire. Il lui fallut deux minutes pour le trouver : il était de retour !

La nausée qui ne la quittait plus depuis des jours la reprit, plus violemment, et elle se couvrit la bouche en fermant les yeux.

— Tout va bien, Gabrielle ?

— Je suis désolée, dit-elle à son responsable qui l'observait d'un air inquiet. J'ai conscience que ce n'est pas le bon moment, mais j'ai besoin de partir.

Il attendait une explication qu'elle fut incapable de lui donner.

— S'il vous plaît ?

Elle n'avait pas envie de mentir ou de feindre d'être malade, car elle ne l'était pas vraiment. Sa réaction était due au stress.

— C'est un problème personnel. Je ne demanderais pas si ce n'était pas important.

— Je trouverai quelqu'un pour vous remplacer, déclara-t-il après ce qui lui sembla une éternité.

— Merci.

— Je peux faire quelque chose pour vous aider ?

Retenant ses larmes, Gabrielle secoua la tête. Personne ne le pouvait.

9

Le contrat avec Nathaniel signé, et l'estomac bien rempli après un délicieux repas préparé par le talentueux chef cuisinier du palais, Andrés regardait les rues de Monte Cleure défiler par la vitre de la voiture.

Il avait un après-midi chargé qui l'attendait : deux vidéo-conférences dont l'une s'annonçait particulièrement complexe depuis que son projet de rachat d'une entreprise de publication japonaise rencontrait des obstacles inattendus.

Avec un peu de chance, cependant, tout serait réglé dans quelques heures, et il pourrait profiter de sa soirée au club Giroud. Il n'avait pas de cavalière, et il était trop tard pour en trouver une, mais il n'était pas inquiet. C'était dans un club de ce genre qu'il avait rencontré trois de ses anciennes conquêtes.

Malgré lui, le visage de Gabrielle s'imposa à son esprit. Il avait souvent pensé à elle ces dernières semaines. Il avait même envisagé de la contacter et de proposer de lui envoyer son jet privé pour passer quelques jours en sa compagnie.

Les nuits étaient les pires. Il restait allongé, le corps torturé par le souvenir des instants qu'ils avaient partagés. Et quand par miracle il trouvait le sommeil, Gabrielle hantait ses rêves, le laissant ivre de désir et le corps à l'agonie. Pour autant, il n'avait pas cédé à la tentation, et n'avait pas l'intention de le faire.

Une silhouette étrangement familière attira son attention comme sa voiture s'engageait dans le parking souterrain de son immeuble. Il lui était impossible d'en être sûr à cette distance, mais il appuya sur le bouton de l'intercom et ordonna à son chauffeur de s'arrêter.

Gabrielle avait observé tant de véhicules défiler qu'elle avait perdu la notion du temps. Elle aurait aimé pouvoir en suivre une à l'intérieur, mais les portes sécurisées se refermaient trop rapidement pour lui en donner l'occasion. Son seul espoir était qu'Andrés passe par là et la remarque. Et, en dernier recours, elle demanderait au concierge de lui laisser un message demandant de la rappeler. Avec un peu de chance, elle n'aurait pas à le faire, car c'était une conversation importante, et elle voulait discuter avec lui en sa présence.

Elle était à deux doigts de tourner les talons quand un énorme 4x4 s'arrêta. Le cœur battant, elle se mit à courir et arriva juste à temps pour le voir émerger du véhicule.

Dans son costume gris sombre, il semblait encore plus séduisant que dans son souvenir. Il était si grand, si sexy et sensuel qu'elle avait du mal à respirer.

— En voilà une belle surprise ! déclara-t-il avec un sourire. Tu es venue me voir ?

Gabrielle hocha la tête.

Le voir ainsi après avoir rêvé de lui durant des semaines était tellement incroyable qu'elle ne parvenait pas à parler.

— Tu aurais dû attendre dans l'atrium. Ça aurait été plus confortable.

— J'avais peur de te rater, rétorqua-t-elle, la gorge serrée.

Le concierge – ce n'était pas Bernard cette fois – et les autres employés l'avaient traitée avec un mépris évident. Et si l'un d'entre eux avait accepté de contacter le majordome, elle n'avait reçu aucune autre information si ce n'était qu'Andrés était absent.

Comme il l'étudiait avec attention, Andrés réalisa qu'elle était étrangement pâle. Elle semblait également nerveuse, presque effrayée.

— Qu'est-ce qui ne va pas ?

— On pourrait aller ailleurs ? J'ai besoin de te parler.

L'inquiétude d'Andrés grandit, mais il se contenta de lui ouvrir la portière.

— Monte.

Si son assistante personnelle et son avocat étaient intrigués par la présence d'une jeune femme en uniforme, ils n'en laissèrent rien paraître, et ils disparurent dans son bureau dès leur arrivée.

Andrés avait souvent imaginé croiser Gabrielle dans la rue, mais il se l'était représentée, un sourire aux lèvres, sa chevelure cascadant sur ses épaules, ses yeux s'écarquillant quand elle le reconnaissait. La femme aux lèvres pincées, tellement tendue qu'elle semblait sur le point de se briser, n'avait rien à voir avec celle qu'il connaissait. Son instinct lui soufflait que la situation était sérieuse, et il espérait de tout son cœur que ça n'avait rien à voir avec son fils.

Il était sur le point de lui poser une question quand elle le devança.

— Je suis enceinte.

Andrés eut l'impression de recevoir un coup de poing dans le ventre.

Gabrielle le vit pâlir tandis qu'une myriade d'émotions passaient sur son visage allant de la surprise à l'incompréhension.

— C'est impossible !

— J'ai fait deux tests lundi, répondit-elle en se forçant à le regarder dans les yeux.

Andrés l'étudiait avec attention, mais il semblait s'être remis du choc.

— C'est toi le père, annonça-t-elle avant qu'il pose la question.

Le silence s'installa entre eux, et Gabrielle sut qu'il se rappelait qu'elle l'avait chevauché dans la baignoire sans aucune protection.

Elle se sentit rougir comme son ventre se contractait en songeant à cet instant. Était-ce là que c'était arrivé ? Ou lors de ces heures incandescentes qu'ils avaient passées ensemble ? Elle ne se rappelait que le plaisir et le champagne...

Comment avait-elle pu être aussi imprudente ? Et pourquoi n'avait-elle qu'une envie depuis qu'il était sorti de la voiture ? Se jeter dans ses bras et le supplier de la rassurer et de lui dire que tout allait bien ?

Andrés souhaiterait sûrement être présent pour son enfant. C'est ce qu'il avait affirmé lorsqu'il lui avait expliqué pourquoi il ne voulait pas de relation sérieuse. La perspective de se retrouver lié à une femme pour le restant de ses jours lui était insoutenable. Elle était prête à respecter son choix, mais elle ne s'attendait pas à ressentir autant de sentiments contradictoires.

Le visage de Lucas s'imposa à son esprit comme une vague de panique montait en elle. Son petit garçon avait déjà tant souffert. Elle ne pouvait pas se permettre de se laisser submerger par ses émotions. Elle devait se reprendre.

— Ça doit être un choc pour toi, et je sais que ma parole ne suffira pas à te convaincre. Je suis prête à faire un test ADN avant que tu reconnaisses ta paternité, continua-t-elle en s'efforçant d'ignorer les battements de son cœur. Je n'ai pas d'avocat, mais j'accepterai tous les examens que ton équipe juridique estime nécessaires tant qu'ils ne sont pas dangereux pour le bébé. Je tiens aussi à ce que tu saches que je refuse d'envisager l'avortement.

Andrés plissa les yeux et s'avança. Gabrielle serra les poings. Elle se sentait coupable de sous-entendre qu'il la presserait à avorter, mais l'expérience lui avait appris que pour les hommes riches l'argent résolvait tous les problèmes.

Le père de Lucas avait offert de payer pour faire disparaître son fils, et même si Andrés n'avait aucun point commun avec ce salaud sinon sa fortune, elle ne voulait prendre aucun risque. Il valait mieux aborder le sujet elle-même que de l'entendre proposer cette option, même si c'était la plus logique et probablement la plus raisonnable.

En se promenant sur la plage, main dans la main avec son fils, quelques heures après avoir passé les tests, elle avait réalisé qu'elle ne pourrait jamais s'y résoudre. La vie qui grandissait en elle était le résultat de la plus belle nuit de sa vie, et même si Andrés risquait de la détester, elle ne pouvait y mettre un terme.

Andrés sembla sur le point de parler, mais quelqu'un frappa et la porte s'ouvrit.

La femme que Gabrielle avait vue dans la voiture avec lui entra dans la pièce, un téléphone à la main, suivie par deux hommes.

— Désolée de vous déranger, dit-elle en passant le téléphone à Andrés, mais Kaito va appeler dans quelques minutes. Vous devez lui parler. Il a découvert que des membres du conseil essaient de saborder l'accord.

Andrés poussa un juron qui les choqua tous les trois. Mais Gabrielle resta imperturbable, même si elle pressentait que sa réaction était due à la nouvelle qu'elle lui avait annoncée et non à son travail.

La sonnerie retentit, et Andrés y jeta un coup d'œil avant de plonger son regard dans le sien.

— Réponds, l'encouragea-t-elle, soulagée d'avoir été interrompue.

Andrés hocha la tête et décrocha.

— Kaito ? Qu'est-ce qui se passe ?

Lui adressant un dernier regard, il quitta la pièce, suivi de ses Minions.

Andrés se servit un verre et l'engloutit d'une traite avant de lire le message que lui avait laissé Gabrielle.

Cher Andrés,

Désolée d'être partie, mais je devais aller chercher Lucas. Ma mère l'emmène en France demain pour quelques jours. Je serai libre pour discuter, mais je comprendrais que tu préfères passer par ton équipe juridique.

Gabrielle

Andrés soupira et se passa la main dans les cheveux. Elle avait semblé si terrifiée de le revoir et si distante, comme si la nuit qu'ils avaient partagée n'avait jamais eu lieu. Sans compter sa supposition qu'il souhaiterait qu'elle...

Il se servit un autre verre et prit une gorgée d'alcool. Sa réaction initiale avait été de penser qu'il était impossible que Gabrielle soit enceinte, mais elle n'était pas du genre à mentir.

Son assistante personnelle frappa à la porte.

— L'équipe japonaise est d'accord avec Kaito. Il faut que vous alliez à Tokyo ou l'accord tombe à l'eau. Lara s'occupe des détails. L'avion devrait décoller d'ici une heure.

Elle disparut sans attendre sa réponse, car il était impensable qu'il ne tente pas de sauver l'accord qui lui avait déjà coûté des millions.

Vidant son verre, il rejoignit son équipe.

— Je ne pars pas. Je prends mon week-end.

Ses collaborateurs le dévisagèrent en silence, visiblement choqués par sa déclaration.

— Mais…, commença son assistante, Kaito a dit que…

— Je m'en fiche. Vous trois irez à ma place. Faites ce que vous pouvez pour sauver l'accord. J'ai un problème plus urgent à régler.

Gabrielle poussa un soupir en contemplant l'écran de télévision. Elle était épuisée, mais la perspective de rester allongée dans le noir avec les pensées qui la torturaient lui était insoutenable.

Elle s'était convaincue qu'elle se sentirait mieux après avoir annoncé sa grossesse à Andrès, mais c'était tout le contraire. Le revoir lui avait permis de réaliser combien il lui avait manqué, et combien elle le désirait avec une intensité effrayante.

La meilleure chose à faire était peut-être de passer par son équipe juridique jusqu'aux résultats du test ADN. Ce répit lui permettrait de reprendre le contrôle de ses émotions pour leur prochaine rencontre… si tant est qu'il y en ait une. Elle l'espérait, mais c'était peu probable.

On frappa à la porte, la faisant sursauter, et elle consulta sa montre. Il était 20 heures, et elle n'avait pas l'habitude de recevoir des visiteurs et surtout pas en soirée.

On frappa une seconde fois, et elle regarda par le judas. C'était Andrés !

Andrés s'apprêtait à frapper une troisième fois quand la porte s'ouvrit pour révéler Gabrielle, une expression anxieuse sur le visage.

Son cœur se serra douloureusement tandis qu'il prenait un instant pour l'observer, notant que la bretelle de son débardeur avait glissé sur son épaule, lui rappelant la robe qu'elle portait lors du gala.

— Qu'est-ce que tu fais ici ? demanda-t-elle d'une voix tremblante.

— Tu as vraiment besoin de me poser la question ? Tu comptes me laisser entrer ?

Elle se mordit les lèvres, et tourna la tête avant de reporter son attention sur lui.

— Lucas dort. On pourra discuter après son départ demain ou...

— Maintenant, Gabrielle, la coupa-t-il d'un ton sec.

Il avait probablement gâché ses chances de conclure un accord qu'il négociait depuis des mois, et avait détruit son parquet à force de faire les cent pas pendant des heures. Il était hors de question d'attendre une seconde de plus.

— Il a le sommeil léger, et ce n'est pas une conversation qu'il devrait entendre.

— Si tu ne me laisses pas entrer maintenant, déclara-t-il en plongeant son regard dans le sien, je vais déposer une plainte auprès des autorités, expliquant que tu fais passer l'enfant de quelqu'un d'autre pour le tien.

10

Étant donné l'expression de son visage, il était évident qu'il avait vu juste.

— Dernière chance, Gabrielle. Laisse-moi entrer.

Elle fit un pas en arrière, et il en profita, refermant la porte derrière lui.

Son appartement était minuscule, mais décoré avec soin et bien entretenu. Il lui rappelait d'ailleurs celui dans lequel il avait grandi.

— Tu devrais t'asseoir, déclara-t-il en la voyant trembler.

— Qui c'est, maman ? demanda une voix appartenant à un petit garçon portant un pyjama à l'effigie d'un superhéros.

Gabrielle réagit aussitôt en le prenant dans ses bras.

— Tu devrais dormir, dit-elle en lui embrassant la joue.

Il rigola et regarda Andrés.

— Un bruit m'a réveillé. C'est qui, lui ?

— Je m'appelle Andrés, répondit-il en français en agitant la main. Je suis un ami de ta maman, ajouta-t-il doucement pour ne pas l'effrayer.

Les yeux bruns de l'enfant se plissèrent avec méfiance, et il posa les mains sur les joues de Gabrielle.

— Pourquoi il est là ?

— Pour me voir.

— Pourquoi ?

— Parce que c'est un ami, et que les amis aiment se rendre visite, expliqua-t-elle. Tes amis de la crèche viennent parfois jouer avec toi, n'est-ce pas ?

— Tu vas jouer à un jeu avec lui ?

— Non. Il va bientôt partir. Il faut que tu ailles te coucher.

Le petit garçon enfouit son visage dans le cou de Gabrielle avant de lever la tête.

— Bonne nuit, murmura-t-il en mettant son pouce dans sa bouche.

— Bonne nuit, Lucas, rétorqua Andrés avec un sourire. Je suis content de t'avoir rencontré.

Gabrielle mit Lucas au lit, et lui embrassa le front.

— Bonne nuit, mon cœur.

— Maman, est-ce que c'est mon papa ?

Gabrielle faillit fondre en larmes. Lucas lui avait posé plusieurs fois la question depuis son entrée à la crèche, et elle avait réussi à le convaincre que son père vivait dans un autre pays.

Elle redoutait de le voir grandir, car elle savait qu'il se montrerait de plus en plus curieux, mais à présent elle redoutait surtout de le perdre.

— Non.

Comment Andrés avait-il découvert la vérité ? Comment ?

— Tu peux me lire une histoire ? la pria Lucas en glissant ses bras autour de son cou.

— Il est tard, il faut que tu dormes, annonça-t-elle. Je t'en lirai une demain matin.

Elle l'embrassa, attendit quelques instants avant de quitter sa chambre. Inutile de le nier, elle était terrifiée, mais elle n'avait pas le choix. Elle devait affronter Andrés, et protéger Lucas.

— Je suis désolé de l'avoir réveillé, déclara-t-il comme elle entrait dans le salon.

La venue de Lucas avait calmé l'angoisse et la colère qui l'avaient poussé à débarquer chez Gabrielle. Il se sentait également coupable.

Il avait profité de l'absence de Gabrielle pour étudier les dizaines de clichés qui décoraient l'appartement. Certains remontaient à son enfance, et la montraient en compagnie de ses parents ainsi que d'autres enfants qui devaient être ses frères et sœurs. Il y en avait également de Lucas, et un regard suffisait pour remarquer combien Lucas ressemblait à Gabrielle et à son frère.

— Il faut que tu partes, Andrés, déclara-t-elle en relevant le menton comme pour le défier.

Son regard brillait de détermination.

— Nous ne pouvons pas avoir cette discussion en présence de Lucas. J'espère que tu t'en es rendu compte.

Elle avait raison. Il avait besoin de réponse, mais il ne pouvait pas entraîner un petit garçon innocent dans leur histoire.

— À quelle heure ta mère vient-elle le chercher demain ? demanda-t-il en se passant la main dans les cheveux.

— À 8 heures.

— Je serai là à 9 heures.

— Merci.

Elle le raccompagna jusqu'à la porte.

— Je ne sais pas ce que tu crois savoir, déclara-t-elle avant qu'il ne parte, mais Lucas est mon fils. Je ferais n'importe quoi pour le protéger, alors ne t'avise plus jamais de te servir de lui pour me menacer.

La gorge d'Andrés se serra tandis qu' il plongeait son regard dans le sien. Elle semblait plus déterminée que jamais.

Gabrielle aimait son fils de tout son cœur, exactement comme ses parents les avaient aimés lui et sa sœur, les empêchant de divorcer alors qu'ils se détestaient.

Son malaise grandit en réalisant que Gabrielle était sincère. Elle était prête à tout pour Lucas, et pour l'enfant qui grandissait en elle, leur enfant.

— Gabrielle, je te donne ma parole que ça n'arrivera plus jamais. Lucas est ton fils, je le vois bien, mais nous savons tous les deux que tu n'es pas sa mère biologique.

Gabrielle s'installa sur le siège en cuir en s'efforçant d'ignorer les effluves virils du parfum d'Andrés. Sa réaction était ridicule. Non seulement Andrés était plus riche que le Salaud, mais il connaissait la vérité à propos de Lucas. Il avait le pouvoir de la détruire, alors pourquoi avait-il un tel effet sur elle ?

— Lucas est avec ta mère ?

— Oui.

C'était la seconde fois que sa mère l'emmenait en France, et le voir s'éloigner d'elle lui était toujours aussi difficile. Sa mère adorait pourtant son petit-fils, comme le reste de sa famille, et elle lui en était infiniment reconnaissante. Lucas manquait peut-être de certaines choses, mais certainement pas d'amour.

— Où allons-nous ?

— En terrain neutre.

— Neutre ? répéta-t-elle en haussant les sourcils.

— Oui, car la conversation qui nous attend sera sans doute difficile pour nous deux.

L'estomac de Gabrielle se serra, et elle tourna la tête pour observer le paysage et combattre la panique qui montait en elle.

Une part d'elle lui soufflait qu'Andrés ne reviendrait pas sur sa parole de ne pas se servir de Lucas pour la menacer, mais une autre lui répétait que rien ne l'empêchait de prévenir les autorités. Et si elle avait tous les documents prouvant que Lucas était son fils, et était prête à mentir au monde entier, y compris à la reine, un test ADN suffirait à faire éclater la vérité.

Comment Andrés l'avait-il découvert ? Cette question ne cessait de la torturer depuis leur conversation.

— Nous sommes arrivés, annonça-t-il, la tirant de ses pensées.

Le chauffeur s'arrêta à quelques mètres du quai où étaient amarrées des dizaines de bateaux.

— C'est le tien ? demanda-t-elle comme ils rejoignaient le yacht le plus imposant du lot.

Difficile de croire qu'il avait investi autant d'argent dans un bateau dont il n'avait probablement pas le temps de profiter.

— Oui.

— Ce n'est donc pas un territoire neutre…

— Si, parce que je ne suis jamais monté à bord.

— Tu es sérieux ?

— C'est Sophia qui m'a convaincu de l'acheter. C'est elle aussi qui l'a décoré. Ma famille adore naviguer, ajouta-t-il en haussant les épaules. On a de la chance qu'il soit disponible.

Les membres d'équipage les accueillirent avec du jus d'orange fraîchement pressé.

Gabrielle prit quelques gorgées tout en étudiant l'intérieur du navire. Les couleurs vives et le mobilier design mais confortable témoignaient de l'imagination créative de Sophia.

Si elle n'avait pas été aussi nerveuse, elle aurait probablement pu apprécier l'occasion qui lui était donnée. Le yacht était incroyablement luxueux, et l'équipage avait dressé un somptueux petit déjeuner.

Heureusement, quelques minutes après le départ de sa mère, elle avait troqué son jean confortable pour une robe légère qui la mettait en valeur. Elle s'était aussi maquillée et coiffée avec soin.

Sur le moment même, sa réaction lui avait paru ridicule, mais elle voyait les choses différemment maintenant. C'était son armure pour se protéger de l'aura virile et sexy d'Andrés. Et elle allait en avoir besoin. Quand il l'observait, à l'abri derrière ses lunettes solaires, elle se sentait étrangement vulnérable.

— Comment as-tu découvert la vérité à propos de Lucas ? demanda-t-elle, incapable de se retenir plus longtemps.

Andrés posa sa tasse de café, et se massa la nuque. La nuit avait été courte. Il n'avait pratiquement pas dormi, torturé par les souvenirs des instants qu'ils avaient partagés, et la certitude que sa vie allait changer. Gabrielle portait son enfant, il était lié à elle… pour toujours.

Il y avait aussi la question de l'identité du petit garçon qu'elle faisait passer pour le sien. Sa visite à son appartement lui avait permis de rassembler de nouveaux éléments, mais il avait besoin qu'elle lui explique la situation.

Las, voir une femme aussi intelligente, sexy et déterminée, au sens de l'humour dévastateur, qui lui avait donné plus de plaisir qu'aucune autre avant elle, trembler de peur l'avait bouleversé. Il n'avait pas pu rester indifférent. C'était comme si la douleur de Gabrielle était la sienne. Une découverte aussi déroutante qu'effrayante.

Pourtant, il la désirait toujours. Il avait fait un effort surhumain pour ne pas l'attirer à lui et caresser sa peau réchauffée par les rayons du soleil, manquant oublier la raison de leur présence sur le yacht. Sa question l'avait cependant ramené à la réalité.

— Ce n'était qu'une supposition, mais ta réaction a confirmé mes soupçons.

— Mais, comment l'as-tu deviné ? insista-t-elle en fronçant les sourcils.

— Il y avait du sang sur mes draps.

Gabrielle rougit violemment.

— J'ai supposé que tu avais tes règles.

Depuis, il avait été forcé de revoir son explication, d'autant que le corps de Gabrielle ne présentait aucune marque de grossesse. Si on y ajoutait l'absence de photo la montrant enceinte sur les murs de son appartement, il n'y avait plus qu'une seule hypothèse plausible.

— Tu étais vierge.

Ses lèvres tremblèrent, et Andrés serra les poings en se rappelant sa réaction quand il l'avait pénétrée. Ce n'était pas du plaisir, mais de la douleur. S'il avait su, il aurait été plus doux.

— Lucas est le fils de ta sœur ?

Gabrielle ne répondit pas, c'était inutile.

— Il est évident qu'il est de ta famille. Il y a beaucoup de photos d'Éloïse accrochées aux murs de ton appartement, mais aucune d'eux ensemble, continua-t-il sans la quitter du regard.

Il n'y en avait pas non plus après la naissance de Lucas.

Toujours sans un mot, Gabrielle se leva et s'accrocha à la rambarde, les yeux rivés sur l'océan.

Il se haïssait de la pousser ainsi dans ses retranchements, mais il n'avait pas le choix. Il avait besoin de savoir.

— Lucas est mon fils, dit-elle après ce qui lui sembla une éternité. Mon nom est sur son acte de naissance. Il a été mon fils depuis le jour de sa naissance.

— Dis-moi ce qui s'est passé.

— Je ne peux pas, souffla-t-elle.

— Je suis incapable de t'aider si tu ne me parles pas.

— Je n'ai pas besoin de ton aide.

— Gabrielle, la seule raison pour laquelle tu as accepté

de m'accompagner au gala était que c'était la soirée parfaite pour toi, commença-t-il d'un ton patient. Lucas était chez ta mère, et tu pensais que j'étais marié. Si tu avais pu imaginer, ne serait-ce qu'un instant, que nous allions coucher ensemble, tu aurais refusé, et rien de ce que j'aurais pu dire n'aurait pu te faire changer d'avis. N'ai-je pas raison ?

Gabrielle se tourna vers lui.

— Si Lucas est ton fils, comment se fait-il que tu sois aussi effrayée ? On dirait que tu te caches...

— Je ne me cache pas, déclara-t-elle en secouant la tête. J'ai un travail, Lucas va à la crèche et commencera l'école dans quelques mois. On fait tout ce que les gens normaux font.

— Tu étais une vierge de vingt-trois ans, rétorqua-t-il sèchement. Ce n'est pas normal, surtout pour une femme aussi sensuelle que toi. Ta vie entière tourne autour de Lucas.

— C'est ce qu'on appelle être mère.

— Moi, j'appelle ça, éviter les hommes.

Gabrielle reporta son attention sur l'océan. Pourquoi continuer à lutter ? Andrés avait non seulement découvert la vérité, mais elle lui avait offert sa virginité, s'abandonnant à lui comme il s'était abandonné à elle. Et lorsqu'elle lui avait annoncé sa grossesse, il n'avait jamais remis sa paternité en question. Il lui avait fait confiance, la croyant sur parole. N'était-il pas juste qu'elle en fasse autant ?

Oui, Andrés était un homme riche et puissant qui pouvait faire de sa vie un enfer, et la priver de leur enfant d'un claquement de doigts, mais son instinct lui soufflait qu'il ne ferait jamais une chose pareille. Il n'y avait plus à hésiter.

— Le père de Lucas est le pire des salauds, et si son nom est rendu public, il me prendra mon fils.

11

Gabrielle soupira. Voilà, elle lui avait avoué la vérité. Elle ne pouvait plus revenir en arrière.

— Il faut que je commence par te parler d'Éloïse, continua-t-elle sans le regarder. Elle a toujours été différente. Son cerveau ne fonctionnait pas de la même façon que les autres. La santé mentale n'a jamais été une priorité à Monte Cleure, loin de là. C'était encore pire sous le régime du roi Dominic, mais...

Elle s'interrompit une seconde et secoua la tête.

— Je ne pense pas que qui que ce soit aurait pu l'aider. Elle était juste différente. Je ne sais pas si je m'exprime clairement ? demanda-t-elle, mais sans attendre sa réponse. C'était la personne la plus gentille qui soit, mais elle était incapable de gérer ses émotions. La moindre contrariété la plongeait dans des crises de larmes et il lui arrivait de se faire du mal. Quand notre père est mort, nous avons dû la faire hospitaliser, car elle représentait un danger pour elle-même.

Elle ferma les yeux en songeant à sa mère qui avait été à deux doigts de craquer elle aussi d'avoir perdu l'amour de sa vie.

— Elle était magnifique. Les hommes se retournaient sur son passage, mais le Salaud est le premier à qui elle s'est intéressée. Elle était surexcitée le jour de leur premier rendez-vous ! Quand elle m'a parlé de lui, je m'attendais à rencontrer un adolescent, mais c'était un trentenaire habillé comme tous ces crétins riches possédant un bateau, précisa-t-elle avec une grimace. J'ai tout de suite vu qu'il semblait amusé de sortir avec une fille venant des quartiers pauvres. La plupart des gens finissaient par remarquer qu'Éloïse était différente, mais je ne voulais pas prendre de risque. Je lui ai expliqué la situation en lui précisant qu'il devait être gentil avec elle. Il m'a tellement bien écoutée qu'il l'a plaquée dès qu'elle est tombée enceinte, poursuivit-elle avec rage. Il lui a dit qu'elle n'était pas capable d'être mère et qu'elle ferait mieux d'avorter.

Andrés se raidit, mais resta silencieux.

— J'ai dû le menacer de parler à la presse pour le forcer à prendre ses responsabilités. Il lui a donné de l'argent pour qu'elle garde le secret, et l'a manipulée pour qu'elle signe un contrat lui interdisant de le contacter ou de le désigner comme le père de son enfant. Sans quoi il obtiendrait la garde d'un enfant qu'il ne voulait pas, et la forcerait à rembourser la somme qu'il lui avait offerte.

À ces mots, Andrés poussa un juron.

— C'est exactement ce qu'il est, confirma-t-elle. La façon abjecte dont il l'a traitée l'a brisée. Elle refusait de s'alimenter ou de quitter l'appartement, et sa santé s'est détériorée. J'ai abandonné l'université pour prendre soin d'elle, car on n'osait pas la laisser seule.

Sa voix se brisa, mais elle ne s'arrêta pas.

— Un jour où elle était lucide, elle nous a réunies, ma mère et moi. Elle nous a expliqué qu'elle aimait trop son bébé pour risquer d'être sa mère, et qu'elle voulait me le confier. On a essayé de l'en dissuader, mais elle n'a rien voulu entendre.

Elle ferma les yeux comme l'image de sa sœur hurlant et se frappant la tête s'imposait à son esprit.

— Que pouvais-je faire d'autre ?

— Ta mère n'aurait pas pu…

— Éloïse voulait que ce soit moi, le coupa-t-elle. Elle était déterminée. Elle savait que je ne recevrais jamais l'autorisation d'adopter un bébé à mon âge. À Monte Cleure, il faut avoir trente-cinq ans même s'il s'agit d'un membre de la famille, et même si la mère donne son accord. On a donc fait passer le bébé pour le mien.

— Mais pourquoi pas ta mère ? insista-t-il.

— Parce que je l'avais toujours protégée, et qu'elle avait plus confiance en moi qu'en n'importe qui d'autre, affirma-t-elle avec un sourire triste. Ma mère a très mal supporté la mort de mon père. C'est Romeo et moi qui avons aidé Éloïse quand elle en a eu besoin, parce que ma mère ne quittait plus son lit.

Andrés avait la nausée. Gabrielle n'avait pas plus de dix ans quand son père était mort. Et à cet âge, s'il était terrifié que ses parents divorcent, il n'avait jamais eu peur de les perdre.

— Tu as donc accepté de faire passer son bébé pour le sien.

— Je n'avais pas le choix. Personne mis à part ma famille proche ne savait qu'Éloïse attendait un enfant. Nous avons raconté que j'étais tombée enceinte après avoir eu une liaison avec un touriste, et la rumeur s'est propagée, expliqua-t-elle en haussant les épaules. J'ai commencé à cacher un coussin sous mes vêtements. En y repensant, je n'arrive pas à croire que j'ai pu faire une chose pareille, mais je n'avais pas le choix. Éloïse a recommencé à manger, et à prendre soin d'elle. Elle allait mieux. Nous sommes parties en France pour son accouchement, et nous avons loué une maison. Éloïse a donné mon nom, et nous nous ressemblions assez pour qu'elle utilise mon passeport pour s'enregistrer à l'hôpital.

Les larmes lui montèrent aux yeux, et Gabrielle sursauta quand Andrés posa la main sur la sienne pour la réconforter.

Entremêlant ses doigts aux siens, elle ajouta :

— La naissance s'est bien passée. Il y a eu des complications, mais elle s'est battue. Elle était heureuse, Andrés. Elle a choisi son prénom, et me l'a confié quand nous avons quitté l'hôpital. J'étais prête à assumer mes responsabilités, mais je pensais que nous élèverions le bébé ensemble.

— Que s'est-il passé ?

— Elle a développé une infection, répondit-elle en posant la tête sur son épaule. Elle ne nous a pas dit qu'elle se sentait mal, simplement qu'elle était fatiguée. Elle l'a tellement bien caché qu'il était déjà trop tard quand nous avons compris que quelque chose n'allait pas. Elle a été admise à l'hôpital, mais il n'y avait plus rien à faire.

Andrés lui serra la main, mais resta silencieux.

— Elle est morte. Elle semblait si paisible, dit-elle, une larme roulant sur sa joue. Elle s'est battue contre elle-même durant des mois pour le mettre au monde, et elle est partie.

Incapable de se retenir plus longtemps, Gabrielle éclata en sanglots. Elle réprimait ses émotions depuis si longtemps qu'elle ne pouvait plus s'arrêter de pleurer.

Sans un mot, Andrés la prit dans ses bras, et son parfum familier l'enveloppa pendant qu'il lui murmurait des paroles réconfortantes noyées par les battements de son cœur.

Andrés avait vu de nombreuses femmes pleurer, mais pour la première fois de son existence ces sanglots semblaient se répercuter au plus profond de son âme.

Après de longues minutes, Gabrielle finit par se calmer.

— Lucas avait six mois quand j'ai croisé son père durant une promenade, reprit-elle sans chercher à se dégager. Il était sorti dîner avec une femme, et il nous a vus. Il s'est approché et m'a dit qu'il avait appris que ma « débile » de sœur était morte, un grand sourire aux lèvres.

Andrés tressaillit.

— Il n'a pas hésité une seconde à utiliser ce terme pour parler d'une femme dont le seul crime avait été de l'aimer. Il a ensuite regardé Lucas, continua-t-elle, tremblant de rage contenue, et a ajouté que mon fils dormait paisiblement et que ce serait dommage qu'il perde le seul foyer qu'il ait jamais connu parce que quelqu'un s'était montré trop bavard.

Andrés n'en croyait pas ses oreilles.

— Que voulait-il dire avec « mon fils » ? Parlait-il de lui ou de toi ?

— De moi. Il nous faisait probablement surveiller, car il savait que je me faisais passer pour la mère de Lucas.

— Tu l'as revu depuis ?

— Non, mais je me suis renseignée sur lui. Je pense qu'il évite Monte Cleure depuis que Catalina est montée sur le trône. Il n'a pas été invité au banquet parce qu'il organisait un week-end de tir dans son domaine anglais, précisa-t-elle. Je savais que je ne courais aucun risque à t'accompagner.

— Il est donc anglais ?

— Je n'ai jamais dit ça.

— Il ne sera pas difficile à trouver s'il possède un domaine où il organise ce genre de week-ends, fit-il remarquer.

— N'y pense même pas ! s'exclama-t-elle en levant la tête, une expression horrifiée sur le visage.

— Je peux régler le problème pour toi.

Il était furieux contre ce salaud qui avait osé la faire souffrir de cette façon.

— Donne-moi son nom.

— Non.

— Ce type n'est qu'une sale petite brute. J'en ai rencontré beaucoup tout au long de ma vie. Je sais comment les gérer.

— Non ! Je t'en supplie, ne fais rien. Je ne veux pas de son argent, et je ne veux prendre aucun risque en ce qui concerne Lucas. Ça me tuerait de le perdre, avoua-t-elle d'une voix tremblante. S'il te plaît, promets-moi que tu ne feras rien.

Le cœur d'Andrés se serra douloureusement. Gabrielle avait été forcée d'élever un enfant qui n'était pas le sien, et de sacrifier sa vie et son avenir pour lui. Mais loin de lui en vouloir elle était prête à tout pour le protéger. Elle était vraiment incroyable !

Il prit son visage entre ses mains et plongea son regard dans le sien.

— Je sais combien c'est difficile pour toi de me faire confiance, mais je te promets que je ne te trahirai pas.

— Ce que j'ai dit à propos de ma mère..., commença-t-elle avant de se mordre les lèvres. Ne te fais pas des idées, elle a toujours été une excellente mère. La mort de mon père l'a brisée, car il était son âme sœur.

— Elle t'a profondément marquée toi aussi.

— Bien sûr que oui, mais j'avais Romeo.

Tu n'avais que dix ans, se retint-il de dire.

Gabrielle avait pardonné à sa mère, comment pouvait-il critiquer son choix ?

— Tu comprendras quand tu la rencontreras, assura-t-elle avec un sourire. C'est une femme merveilleuse, et une grand-mère géniale pour Lucas. Et elle le sera aussi pour notre enfant.

À ces mots, l'estomac d'Andrés se serra, mais pas de la même façon que deux jours plus tôt. C'était impossible quand il était aussi proche d'elle. Il n'avait d'ailleurs plus qu'une envie, combler la distance qui les séparait pour goûter ses lèvres de nouveau.

Gabrielle se sentait soulagée. Pour la première fois, elle avait parlé du sacrifice consenti par sa sœur au nom de l'amour qu'elle avait pour son enfant. Elle n'avait jamais eu le droit d'en discuter, car il fallait garder le secret à tout prix. Même sa famille évitait d'aborder le sujet. Elle n'avait d'ailleurs pas eu le courage de leur avouer que le Salaud l'avait menacée, craignant de les faire souffrir.

Andrés se pencha vers elle, et elle se perdit dans l'océan de ses yeux comme une vague de chaleur se répandait en elle, lui enjoignant de se presser contre lui. Leurs lèvres étaient sur le point de se toucher quand la sonnerie d'un téléphone résonna, la faisant sursauter.

Le cœur battant, elle s'écarta et Andrés prit son portable.

— Je vous avais dit de ne pas me déranger !

Son visage s'assombrit pendant qu'il écoutait son interlocuteur.

— Un instant, demanda-t-il en couvrant son téléphone de sa main. Quand ta mère doit-elle ramener Lucas ?

— Jeudi.

— Arrangez-vous avec le capitaine et faites venir l'hélicoptère.

Il raccrocha et se tourna vers elle.

— Nous devons aller au Japon.

Gabrielle le regarda, incrédule. Que voulait-il dire par « nous » ?

— L'accord dont je t'ai parlé est sur le point de capoter, expliqua-t-il d'une voix tendue. J'ai besoin d'être sur place, mais nous n'avons pas fini de discuter. Je ne peux pas être à deux endroits en même temps, il faut que tu m'accompagnes.

Gabrielle mit plusieurs secondes à comprendre qu'il était sérieux.

— Je ne peux pas. Je travaille demain et...

— Gabrielle, la coupa-t-il, tu attends mon enfant. Tu n'auras plus jamais besoin de travailler. Il faut que nous discutions de l'avenir. Je ne sais pas encore comment nous allons nous organiser, mais une chose est certaine : tu es la mère de mon enfant, et ta vie va changer.

— Je ne suis enceinte que de quelques semaines, rétorqua-t-elle en secouant la tête. Tout peut arriver.

— C'est vrai, concéda-t-il, mais ça ne veut pas dire que ce sera le cas. Et je refuse que tu continues de vivre dans un minuscule appartement alors que je peux te donner tout ce dont tu rêves, et tout ce dont tu as besoin. Nous devons poursuivre cette conversation, dit-il en levant la main comme elle s'apprêtait à refuser, et Lucas est en sécurité chez ta mère. C'est le moment idéal.

— Je ne peux pas aller à l'autre bout du monde sur un coup de tête !

— Pourquoi pas ?

— Parce que...

Elle s'interrompit et soupira.

— Je risque de perdre mon travail ! J'ai un prêt à rembourser, et tu me demandes de tout laisser tomber pour te suivre. Je suis censée croire que tu prendras soin de...

Les mots refusèrent de sortir, et elle baissa la tête.

— Tu m'as fait confiance pour me raconter la vérité à propos de Lucas, contra-t-il en lui prenant le visage. Je ne suis pas le père de Lucas, et quand je fais une promesse, je la tiens. Viens au Japon avec moi. Je te promets que tu ne le regretteras pas, tu ne manqueras plus jamais de rien.

Deux heures à peine après avoir quitté le yacht, ils avaient rejoint Barcelone en hélicoptère pour monter à bord d'un jet privé si luxueux que Gabrielle avait l'impression de vivre un rêve éveillé.

Elle étudia Andrés. Il s'était douché et changé pour revêtir l'un de ses costumes hors de prix, pendant que son chauffeur l'avait ramenée chez elle afin qu'elle prenne son passeport et quelques affaires. Il ressemblait d'ailleurs davantage à l'homme d'affaires pressé qui s'était présenté au poste-frontière que celui qu'elle avait accompagné au banquet. Le ton de sa voix et l'expression de son visage lui rappelaient également l'inconnu impatient rencontré ce jour-là. Et pourtant, il avait choisi de risquer le contrat sur lequel il travaillait depuis des mois pour elle.

Une vague d'émotions intenses la balaya, lui coupant le souffle, et elle ferma les yeux dans l'espoir de la combattre.

Andrés termina la conversation avec son directeur financier et raccrocha. Comment pouvait-il se concentrer sur son travail quand la plus belle femme du monde se trouvait en face de lui ?

Se penchant, il lui prit la main, et Gabrielle ouvrit les yeux.

— Tu n'as rien à craindre, la rassura-t-il. Ces pilotes font partie des meilleurs. Tu es plus en sécurité dans un avion que sur les routes.

Une expression étrange passa sur le visage de Gabrielle, et son cœur se serra douloureusement. Comment faisait-elle pour avoir un tel effet sur lui ? C'était incompréhensible.

Gabrielle était tellement focalisée sur Andrés qu'elle ne remarqua pas qu'ils avaient décollé.

Ces trois dernières semaines, elle s'était efforcée d'enfermer les souvenirs des instants qu'ils avaient partagés au plus profond de son cœur. Mais à présent qu'elle se retrouvait seule avec lui, elle ne pensait plus qu'à une chose : l'embrasser et se laisser une fois de plus consumer par le désir incandescent qu'il lui inspirait.

Incapable de se retenir, elle avança le visage vers lui, et Andrés prit ses lèvres.

12

Andrés souleva Gabrielle dans ses bras et l'emmena dans la chambre de l'avion, la dévorant dès que la porte se fut refermée derrière eux. Il en rêvait depuis si longtemps...

Se déshabillant à la hâte, ils s'allongèrent sur le lit et Andrés lui écarta les jambes. Elle se pressa contre lui en gémissant, lui griffant le dos comme il la pénétrait d'un mouvement fluide. C'était encore plus merveilleux que dans son souvenir, et il serra les dents pour ne pas perdre tout contrôle.

Aussi pressée que lui, Gabrielle lança les hanches à sa rencontre, soupirant de plaisir comme il accélérait le rythme de ses va-et-vient.

Andrés n'arrivait plus à réfléchir. Il n'y avait plus que ses soupirs, la douceur de ses lèvres sous les siennes, et son corps nu et chaud qui l'attirait toujours plus loin et plus haut.

Elle se tendit en criant son nom, et il enfouit la tête dans son cou comme la jouissance l'emportait à son tour.

Tokyo était la ville la plus fascinante que Gabrielle ait jamais visitée. Elle était seule, enfin non, elle était accompagnée du guide que lui avait trouvé Andrés.

S'ils ne s'étaient pas quittés une seconde durant le vol, faisant l'amour des dizaines de fois, il avait disparu dès l'atterrissage pour sauver l'accord qui lui tenait tant à cœur. Et s'il réussissait, il ne manquerait pas de revenir régulièrement au Japon. Avec qui ? Elle l'ignorait, et il valait mieux ne pas y penser.

Ils étaient irrémédiablement liés l'un à l'autre, car elle portait son enfant, mais elle n'était pas assez naïve pour attendre quelque chose d'Andrés. Éloïse avait offert son cœur au Salaud, et celui-ci l'avait brisé sans la moindre hésitation. Il était hors de question qu'elle vive la même chose.

Andrés ne la traiterait jamais de cette façon, mais leur relation était basée sur le désir, un désir qui finirait par disparaître. Voir en Andrés autre chose que le père de son enfant serait stupide et dangereux.

Andrés retint un sourire en regardant Gabrielle lutter avec ses baguettes. C'était le seul repas, en dehors du petit déjeuner, qu'ils avaient pu partager, tant il avait été occupé à sauver le contrat sur lequel il travaillait depuis des mois.

Les négociations avaient été plus complexes qu'il l'avait imaginé, et il rentrait chaque soir, épuisé par la journée, mais déterminé à discuter de leur avenir. Ces bonnes résolutions disparaissaient pourtant dès qu'il la retrouvait.

— Quand partons-nous ? demanda-t-elle en tentant de saisir un champignon.

— Demain matin. Tu devrais avoir le temps de te reposer avant que ta mère ramène Lucas.

— Comment fais-tu ? s'enquit-elle en fronçant les sourcils. Je viens à peine de m'habituer au décalage horaire que nous devons déjà repartir. Tu voyages constamment. Tu n'es jamais fatigué ?

— J'arrive à dormir pratiquement n'importe où, et je ne souffre pas des effets du décalage horaire, répondit-il en haussant les épaules. Mais j'ai l'intention d'adapter mon emploi du temps. Ces voyages constants ne sont pas bons pour les enfants. Ils ont besoin de stabilité.

— Si notre enfant est habitué à avoir un père qui voyage beaucoup, il trouvera ça normal.

— Ce n'est pas ce que je veux, et j'aimerais d'ailleurs que nous vivions ensemble.

Gabrielle faillit s'étrangler, ce qui ne l'étonna pas. Sa proposition était surprenante venant d'un homme comme lui.

— Mes parents se détestaient, mais j'ai toujours accordé une grande importance à la famille. Comme toi, je veux ce qu'il y a de mieux pour notre enfant, expliqua-t-il en plongeant son regard dans le sien. Je veux qu'il sache qu'en cas de cauchemar ses deux parents seront là pour lui. Le mieux serait d'acheter une propriété assez grande pour que nous puissions mener notre vie chacun de notre côté.

Gabrielle resta silencieuse.

— Tu pourrais choisir le pays. Si tu veux rester à Monte Cleure, ça ne me pose aucun problème. Cet arrangement nous permettra de garder notre indépendance, et lorsque cette « chose » entre nous aura disparu, continua-t-il, la gorge serrée, nous pourrons rester amis. Je ne suis pas pressé que ça arrive, ma belle, parce que ce que nous partageons est incroyable.

Le cœur de Gabrielle se serra douloureusement, et elle but une gorgée d'eau pour se calmer. Comment pouvait-il qualifier ce lien merveilleux qui les unissait de « chose » ? C'était trop cruel... mais c'était sa façon de voir les choses. Andrés ne voulait pas s'investir dans une relation sérieuse. Elle en avait parfaitement conscience, et elle s'y était préparée. Elle n'attendait d'ailleurs rien de lui.

— J'ai eu la chance de grandir avec mes parents jusqu'à

mes dix ans, commença-t-elle en s'efforçant de parler d'une voix posée.

Elle savait parfaitement à quoi s'attendre, mais ça ne rendrait pas les choses faciles pour autant.

— Mais s'ils n'avaient jamais vécu ensemble, la situation m'aurait paru normale parce que je n'aurais rien connu d'autre.

— Je veux être présent, Gabrielle, affirma-t-il avec force. Pourquoi crois-tu que j'étais aussi déterminé à ne pas avoir d'enfant ? Parce que j'ai toujours su que je ne supporterais pas que mon enfant grandisse sous le toit d'un autre que moi.

— Si ça peut te rassurer, je n'ai pas l'intention de vivre avec qui que ce soit.

— Gabrielle, je suis le père de ton enfant, lui rappela-t-il.

— Ta proposition a du sens pour toi, mais je ne suis pas sûre que ce soit le cas pour tout le monde. Imagine que le père de Lucas l'apprenne ?

— Je peux te protéger.

— Peut-être, mais...

Elle s'interrompit, ignorant comment continuer.

— C'est un raisonnement logique.

Une solution parfaite pour deux personnes qui fuyait les relations.

— Je dois penser à Lucas, poursuivit-elle, sincère. Il faut que vous appreniez à vous connaître, et jusqu'à ce qu'il se sente à l'aise avec toi, je ne nous vois pas vivre ensemble.

— J'apprendrai à le connaître, et je gagnerai sa confiance.

— C'est une bonne approche, mais il nous faut des règles. Il ne doit pas savoir que nous sommes amants. Et si les choses se passent bien, et que nous vivons ensemble, tu n'aurais pas le droit de ramener de maîtresse, continua-t-elle en s'efforçant d'ignorer la douleur dans sa poitrine en l'imaginant avec une autre femme. Je ne veux pas le perturber. Il a déjà traversé tant d'épreuves…

— Je peux accepter ces conditions, affirma-t-il en levant son verre.

Gabrielle en fit autant, fière d'avoir réussi à négocier sans perdre le contrôle de ses émotions.

Andrés avait raison. C'était la solution parfaite. Non seulement Lucas serait en sécurité, mais leur enfant ne manquerait de rien.

Andrés vida son verre et observa Gabrielle. Il lui était reconnaissant d'avoir accepté sa proposition aussi facilement. Elle n'avait pas cherché à le convaincre que leur relation pourrait évoluer, se contentant d'émettre des objections sensées. Alors pourquoi se sentait-il aussi déçu ?

Gabrielle s'était attendue à ce que la maison d'Andrés soit belle, mais elle était très loin de la vérité.

La demeure était immense avec trois salons, deux salles à manger, un bureau qui servait aussi de bibliothèque, une salle de jeux et une salle de cinéma. Toutes les chambres possédaient également leur salle de bains privée, et les jardins qui l'entouraient lui donnaient des airs d'oasis.

Cela faisait un mois qu'ils s'organisaient pour se voir régulièrement afin que Lucas s'habitue à la présence d'Andrés. Cette fois, ils s'étaient rendus à Séville, et Andrés avait également invité sa famille ainsi que ses filleuls en espérant que leur présence rassure Lucas.

Las, non seulement les fréquents voyages d'Andrés compliquaient la situation, mais Lucas ne lui faisait pas confiance, peu importe le nombre de jouets ou d'expériences incroyables que lui offrait Andrés.

Gabrielle avait donc refusé son offre de s'installer ensemble, car elle ne souhaitait pas perturber davantage Lucas en le forçant à quitter le seul appartement qu'il ait jamais connu. Et Andrés avait aussitôt décidé de payer son emprunt, lui permettant de quitter son emploi le cœur léger après avoir été saluer ses collègues. Il l'avait même encouragée à reprendre des études après la naissance du bébé.

Pour la première fois de son existence, elle était libre de faire ce qu'elle voulait. Son avenir s'annonçait radieux, mais pour une raison inconnue la peur ne quittait pas son cœur.

Le séjour au Japon lui avait rappelé combien elle appréciait Andrés, et combien elle se sentait seule quand elle n'était pas dans ses bras. Elle devrait pourtant s'y habituer, car il ne manquerait pas de se lasser d'elle.

— Laisse-moi le porter, proposa Andrés, la tirant de ses pensées.

Lucas s'était endormi, épuisé par la journée, mais il s'éveilla aussitôt. Pourtant, cette fois, il ne chercha pas à se libérer, et posa la tête sur l'épaule d'Andrés.

— Je vais prendre une douche, annonça-t-il, après avoir ramené Lucas dans sa chambre.

— D'accord.

— Bonne nuit, Lucas, dit-il doucement. Fais de beaux rêves.

Gabrielle le mit en pyjama et lui lut une histoire, mais il s'endormit rapidement.

— Je t'aime, souffla-t-elle en lui donnant un baiser sur le front.

De retour dans sa chambre, Gabrielle prit une douche, l'esprit torturé par des questions incessantes. Andrés la rejoignait chaque soir, mais combien de temps cela allait-il durer ? Et que se passerait-il ensuite ?

Poussant un soupir, elle ouvrit la porte et découvrit Andrés dans son lit.

— Qu'est-ce que tu fais là ?

— Je pensais à toi, déclara-t-il en repoussant le drap.

Il était entièrement nu et très excité.

— Mais... je croyais que tu allais te coucher, dit-elle, soulagée de le trouver là.

— Je n'ai jamais précisé dans quel lit, dit-il avec un sourire. Tu comptes me rejoindre ?

— Non... je ne peux pas.

— Allume-la, conseilla-t-il en indiquant une tablette sur sa table de nuit.

— Qu'est-ce que c'est ?

— Un moniteur. Il t'avertira si Lucas se réveille.

Elle pressa un bouton pour découvrir une image de Lucas dormant paisiblement.

— Touche l'écran.

Elle s'exécuta, et il devint noir.

— Il s'active grâce au son. Maintenant, déshabille-toi, ordonna-t-il en caressant son érection.

Gabrielle ôta son haut, et se toucha les seins sans quitter Andrés du regard. Il grogna, et elle glissa la main dans son pantalon pour se caresser.

— Fais-moi voir, la supplia-t-il.

Gabrielle sourit, continuant d'explorer le cœur de sa féminité, ravie de l'effet qu'elle avait sur lui.

— Tu te touches quand tu es seule ? Moi, oui, avoua-t-il d'une voix rauque, accélérant les mouvements de sa main. Je pense à toi chaque nuit quand je me retrouve seul dans mon lit. Je ferme les yeux et je t'imagine nue. Je m'imagine à l'intérieur de toi, c'est tout ce à quoi je pense.

Le souffle de Gabrielle se bloqua dans sa poitrine, et elle le rejoignit, ivre de désir.

À l'aube, Andrés quitta sa chambre, et Gabrielle resta allongée, le cœur serré. Le lit était si vide sans lui, elle se sentait si vide sans lui…

13

— Andrés, je peux aller nager avec Raul ?

— Tu as demandé à ta maman ?

Le petit garçon secoua la tête.

— Alors, on devrait aller lui poser la question.

Andrés s'efforça de cacher son étonnement quand Lucas glissa la main dans la sienne.

Gabrielle sembla également surprise en les voyant arriver, mais elle ne dit rien. Son comportement était devenu de plus en plus étrange ces derniers jours. Elle ne semblait ni en colère ni triste, mais elle avait l'air perdue dans ses pensées comme si quelque chose la perturbait.

— Lucas aimerait aller nager, expliqua-t-il.

— D'accord, mais mets ton T-shirt, demanda-t-elle à son fils.

— Mais...

— Pas de discussion. Tu risques d'avoir un coup de soleil sur les épaules. Où sont tes brassards ?

Lucas courut les chercher.

— On dirait qu'il s'est habitué à toi, murmura-t-elle.

Andrés croisa les doigts, et Gabrielle sourit.

Lucas les rejoignit quelques secondes plus tard, suivi du filleul de Lucas. Ayant pratiquement le même âge, ils s'étaient rapidement rapprochés et ne se quittaient plus.

— Tu viens avec nous ? demanda timidement Lucas, en tendant les brassards à Andrés pour qu'il l'aide à les enfiler.

La gorge d'Andrés se serra. Il était aussi ému que si Lucas s'était jeté dans ses bras.

— D'accord, mais promettez-moi de ne pas m'arroser.

Quelques minutes plus tard, des éclats de rire parvinrent à Gabrielle tandis que Lucas, Raul et Andrés s'amusaient comme des fous à s'éclabousser mutuellement.

Elle ne put retenir un sourire. Ce séjour en Espagne était exactement ce dont Lucas avait besoin, et l'enfant commençait à s'attacher à Andrés. Ce qui voulait dire que celui-ci lui reparlerait bientôt de son projet de vivre ensemble, tout en menant leur vie chacun de leur côté.

— Quelque chose te tracasse ? demanda Sophia, allongée sur un transat à ses côtés.

— Non, je suis simplement heureuse que Lucas s'amuse, répondit-elle en s'efforçant de parler d'un ton léger.

— Andrés a toujours été très doué avec les enfants.

C'était la première fois que Sophia parlait de son frère depuis qu'elles s'étaient installées au bord de la piscine vingt minutes plus tôt.

Elles avaient longuement discuté de la soirée, et Gabrielle avait fait de gros efforts pour se souvenir du nom des invités. Il ne fallait pas que Sophia découvre qu'elle avait oublié de demander à rencontrer la reine, son idole de toujours, tant Andrés l'avait fascinée. C'était bien trop humiliant.

Pourtant, les effets du sort qu'il lui avait lancé ce soir-là ne s'étaient pas dissipés. Ils s'étaient au contraire renforcés. Elle s'était sentie seule et abandonnée quand il avait quitté sa chambre le matin même, prouvant qu'il lui inspirait bien davantage que du désir.

Il lui faudrait pourtant s'habituer à vivre sans lui, car il finirait irrémédiablement par se lasser d'elle et par la remplacer par une autre.

— J'espérais que ça arriverait, déclara Sophia, la tirant de ses pensées.

— De quoi parles-tu ?

— De toi et Andrés.

— Ce n'est pas..., commença-t-elle avant de s'interrompre. Attends une minute, comment ça, tu espérais que ça arriverait ?

Sophia sourit.

— Mon frère est un crétin. Tu savais que c'est la première fois qu'il invite la famille au grand complet depuis qu'il a acheté cette maison ? Il a besoin d'une femme comme toi, déclara-t-elle avec force. Quelqu'un de franc, qui n'hésitera pas à le reprendre quand c'est nécessaire, contrairement à ces femmes insipides qui boivent ses paroles, et dont il finit toujours par se lasser. C'est facile de dire qu'on n'a aucune intention de se marier quand on fréquente ce genre de bimbos sans cervelle.

Gabrielle comprit enfin.

— Tu as fait semblant d'être malade.

— C'est vrai, avoua Sophia sans aucune gêne. Tu le trouvais tellement ridicule, c'était hilarant, et tes remarques l'ont amusé. Je l'ai vu, affirma-t-elle, et j'ai vu la façon dont vous vous regardiez. J'ai toujours fait confiance à mon instinct – il faudra que je te raconte comment j'ai rencontré mon mari – et mon instinct m'a dit que tu pourrais être la partenaire idéale pour lui. Tu pourras me remercier quand il t'aura passé la bague au doigt.

Gabrielle voulut lui dire que ça n'arriverait jamais, mais elle n'en eut pas le temps.

— Oh ! mes parents sont là, continua-t-elle plus doucement. Andrés t'a parlé d'eux ?

— Il m'a dit que leur mariage était toxique.

— Andrés voit les choses de cette façon, mais je trouve ça plutôt amusant. C'est comme assister à un match de boxe gratuit. Viens, je vais te les présenter.

La fête qui avait débuté en début d'après-midi se prolongea jusque tard dans la soirée, mais Andrés ne s'était pas autant amusé depuis longtemps.

Épuisés par un match de football qui avait vu son équipe, composée de Lucas, Raul et Gabrielle, écraser celle de Mateo, son autre filleul, le père de ce dernier et le mari de Sophia, les enfants étaient allés se coucher pendant que les adultes discutaient, un verre à la main.

Comme à leur habitude, ses parents réussirent à tout gâcher en se disputant violemment, sa mère se réfugiant à l'intérieur comme son père levait les yeux au ciel.

— Tu vas bien ? demanda Gabrielle à Andrès en posant sa main sur la sienne.

Sa colère reflua aussitôt.

— Oui.

— C'était un véritable spectacle, commenta-t-elle avec un sourire.

— C'est une façon de décrire ce qui vient de se passer.

— C'est étrange. Sophia trouve leur comportement amusant, mais à tes yeux, leur relation est toxique...

— Elle trouve ça amusant maintenant, mais elle le détestait autant que moi quand nous étions enfants.

— Son mariage lui a peut-être offert une autre perspective ?

Andrés garda le silence.

— Je suis désolée de l'admettre, mais je partage son avis.

Ayant observé ses parents toute la journée, elle comprenait son point de vue, mais la situation ne lui apparaissait pas aussi grave qu'il semblait le penser.

— Ils ont l'air très proches, expliqua-t-elle en haussant les épaules. C'est peut-être leur façon de communiquer, et ça ne semble pas déranger les autres. Enfin, ce n'est peut-être pas à moi de dire ça. Je viens de les rencontrer. Et tant que nous parlons de ta famille, poursuivit-elle, pourquoi tu ne m'as pas dit que Sophia avait fait semblant d'être malade le jour du banquet ?

— Elle te l'a avoué ? s'enquit Andrés, visiblement surpris.

— Oui.

— Je m'en doutais, mais elle n'a jamais répondu franchement à ma question. Ma sœur a toujours suivi ses propres règles. Je te parie qu'elle va s'attribuer tout le mérite quand nous leur annoncerons que tu es enceinte.

Du coin de l'œil, Andrés aperçut sa mère, et décida de la surveiller. Les remarques de Gabrielle lui trottaient dans la tête.

Comme elle reprenait sa place, sa mère caressa la nuque de son père, et ce dernier prit sa main dans la sienne pour la serrer doucement tout en déplaçant sa jambe pour la coller à la sienne.

Son rythme cardiaque s'accéléra, et il ferma un instant les yeux dans l'espoir de se calmer, en vain.

— Andrés ?

Gabrielle lui adressa un regard inquiet, et il fut incapable de parler.

Il n'avait jamais supporté de voir ses parents se disputer, préférant se réfugier dans sa chambre pour ne pas les entendre se déchirer. Combien de gestes intimes comme ceux-là avait-il ratés en les fuyant ? Et pourquoi n'avait-il jamais réalisé que, s'ils vivaient ensemble, il ignorait tout des réalités de leur mariage ? Comme l'avait dit Gabrielle, les disputes et les discussions interminables étaient peut-être leur façon de communiquer ? Il avait été tellement concentré sur la nature toxique de leur relation qu'il avait raté l'amour évident qu'ils se portaient.

Plongeant ses yeux dans ceux de la femme la plus courageuse, sexy et intelligence qu'il connaissait, il comprit soudain que son avenir était tout tracé.

— Quand est-ce qu'on reverra Andrés ? demanda Lucas comme elle éteignait la lumière.

— Bientôt.

— On pourra retourner dormir chez lui ?

— Je pense que oui.

— Raul sera là ?

— Je ne sais pas. Je lui demanderai. Maintenant, ferme les yeux, ordonna-t-elle en lui embrassant le front.

Dans le salon, Gabrielle s'installa sur le canapé. Son appartement lui semblait oppressant depuis son retour de Séville. À moins que ce ne soit les pensées négatives qui lui tournaient dans la tête... ?

Le téléphone sonna, et son cœur se serra. Elle n'avait aucune envie de décrocher, craignant la direction que prendrait leur conversation, car si Andrés n'avait plus parlé de sa proposition de vivre ensemble depuis plusieurs semaines, il ne manquerait pas de le faire très bientôt.

C'était une perspective terrifiante, car malgré ses efforts pour garder le contrôle de ses émotions Andrés occupait une place de plus en plus importante dans sa vie. Il lui manquait horriblement, et elle risquait d'avoir le cœur brisé si elle n'y prenait pas garde.

— Gabrielle, commença-t-il quand elle décrocha, comment était ta journée ?

Veillant à parler d'un ton léger, elle lui donna quelques détails.

— Je reviens demain en fin d'après-midi. Tu veux venir chez moi ? Je m'occupe du dîner. Il y a beaucoup de choses dont nous devons discuter, annonça-t-il, et son cœur se serra douloureusement. Amène Lucas. Je lui ferai préparer une chambre.

Des voix résonnèrent derrière lui, et il jura.

— Je suis désolé, il faut que j'y aille. Mon chauffeur viendra te chercher à 19 heures. Bonne nuit, ma belle. Pense à moi.

Andrés entra dans un gratte-ciel londonien qui avait autrefois été considéré comme une merveille architecturale, et qui avait perdu de son prestige depuis.

Un employé l'escorta jusqu'au quinzième étage, et une porte s'ouvrit pour révéler Gregory Jameson qui s'avança vers lui, main tendue.

Se forçant à sourire, Andrés la serra, et le suivit dans le bureau, laissant son garde du corps à l'accueil.

— C'est un vrai plaisir de vous rencontrer, déclara Gregory en s'installant dans un fauteuil.

Andrés s'assit en face de lui et croisa les jambes.

— Croyez-moi, tout le plaisir est pour moi.

Une secrétaire entra pour leur amener du café et des viennoiseries, et Gregory attendit qu'elle sorte pour continuer.

— Si j'ai bien compris, vous souhaitez discuter d'une proposition qui pourrait nous faire gagner beaucoup d'argent ?

— En fait, ma proposition vous permettra de conserver votre fortune actuelle.

Trente minutes plus tard, Andrés glissa les documents signés dans son attaché-case, et se leva.

Tête baissée, Gregory ne ressemblait plus qu'à un petit garçon tremblant de peur. Il n'y avait plus rien à craindre.

14

La gorge serrée, Gabrielle entra dans l'appartement d'Andrés.

— Lucas n'est pas là ? s'étonna-t-il en lui donnant un baiser qui lui fendit le cœur.

Ce serait le dernier.

— J'ai demandé à ma mère de le garder, expliqua-t-elle en ôtant ses chaussures.

— C'est peut-être mieux ainsi. On pourra discuter en mangeant. Le chef nous prépare des steaks.

Gabrielle s'installa à table, et Andrés poussa un dossier vers elle.

— Ouvre-le. Commence par la feuille du dessus.

Gabrielle lut le document à plusieurs reprises tant elle avait du mal à y croire.

— Gregory a renoncé à ses droits sur Lucas, expliqua-t-il comme elle restait silencieuse. J'ai acheté la majorité des actions de son entreprise. S'il tente quoi que ce soit, je les vendrai et il perdra tout. Le domaine dont il est si fier m'appartient également, annonça-t-il avec un sourire satisfait. Je lui ai mis un pistolet chargé sur la tempe, mais la décision de tirer vous appartient à toi et à ta famille. Je sais que tu avais peur que je m'en mêle, mais grâce à l'aide de mon équipe juridique – dont chaque membre est lié par un accord de confidentialité – j'ai découvert que je pouvais m'occuper de lui sans vous mettre en danger Lucas et toi. Tu es libre, Gabrielle, déclara-t-il, les yeux brillant de joie. Il ne pourra plus jamais vous faire souffrir, toi ou ta famille.

— Pourquoi tu ne m'as rien dit ?

— Je voulais te débarrasser du poids qui pèse sur tes épaules depuis trop longtemps, avant de te demander de m'épouser.

— Tu veux m'épouser ? répéta-t-elle, incrédule.

— Oui, et je veux adopter Lucas.

Comme elle restait silencieuse, il ajouta :

— C'est le moment où tu es censée répondre.

Il parlait d'un ton léger, mais il semblait tendu.

— Nous n'allons pas nous marier. Nous allons habiter sous le même toit et mener nos vies chacun de notre côté ! rétorqua-t-elle d'une voix tremblante.

— Disons que j'ai eu un changement de perspective durant la fête quand mes parents se sont disputés. Ce que tu as dit...

Il s'interrompit et prit une gorgée de vin.

— J'ai réfléchi et j'ai compris qu'ils avaient traversé de nombreuses épreuves. Nous sommes différents. Notre mariage ne sera pas comme le leur.

Gabrielle réalisa qu'il était sérieux, et elle eut l'impression de se retrouver au palais quand son instinct l'avait poussée à fuir.

— Non, dit-elle en se levant d'un bond.

L'espace d'un instinct, Andrés crut qu'il avait mal compris.

— Non ?

— Non, je ne veux pas t'épouser. Je te suis reconnaissante de nous avoir libérés de cet homme, mais je ne peux pas t'épouser.

Ce n'était pas ainsi que les choses étaient censées se passer. Il était tellement sûr qu'il avait pris la bonne décision et que Gabrielle partageait ses sentiments. Mais il n'avait pas prêté attention à son changement de comportement depuis leur retour de Séville. Elle avait paru éteinte et distante. Il aurait dû s'en rendre compte plus tôt.

— Pourquoi pas ?

— Le mariage n'est pas nécessaire, nous le savons tous les deux, affirma-t-elle sans le regarder. Je suis soulagée que Lucas se soit habitué à toi et qu'il t'apprécie, mais il vaut mieux nous en tenir à notre accord initial et vivre ensemble, mais chacun de notre côté. Je suis contente que tu aies compris que le mariage de tes parents n'était pas aussi toxique que tu le pensais, mais…

— Oh ! mais il l'est, l'interrompit-il en s'efforçant d'ignorer l'étrange émotion qui lui serrait le cœur. Je ne souhaiterais à aucun enfant de voir ses parents se déchirer de cette façon, mais ça leur convient. Quand j'ai dit que j'avais changé de perspective, je voulais dire que j'ai réalisé que c'était leur mariage, pas le mien, pas le nôtre. Nous avons déjà décidé d'élever cet enfant ensemble, mais…

Gabrielle n'y tenait plus, la panique montant en elle un peu plus à chaque seconde.

— Je m'en tiens à notre accord, le coupa-t-elle. C'est toi qui essaies de le changer. Je n'ai aucune envie de me marier, alors respecte ma décision, et mettons fin à cette conversation. En fait, je pense qu'il vaut mieux que je rentre et qu'on en discute une autre fois.

— Tu ne m'as pas donné de raison.

— Je n'ai pas à le faire, déclara-t-elle en fermant les yeux pour se calmer.

En vain.

— C'est vrai, concéda-t-il, mais tu pourrais avoir la décence de le faire. Tu as également gardé le silence sur ma proposition d'adopter Lucas, ce qui est très parlant.

Quelque chose se brisa en elle, et elle perdit tout contrôle.

— Pourquoi fais-tu ça ? Nous étions d'accord. Tu ne veux même pas m'épouser.

Son visage s'assombrit, et il croisa les bras.

— Voilà que tu recommences à faire des suppositions, exactement comme lorsque tu m'as annoncé ta grossesse. Tu étais convaincue que je demanderais un test ADN et que je te pousserais à avorter. Tu n'imagines pas à quel point ton comportement était insultant !

— Peux-tu vraiment me le reprocher ?

— Je me suis montré honnête envers toi en te parlant de Susi, et la situation était très différente. Tu as assumé le pire, poursuivit-il d'un ton sec, et tu continues.

— Andrés, s'il n'y avait pas ce bébé, tu n'aurais jamais parlé de mariage, soupira-t-elle.

— S'il n'y avait pas ce bébé, il n'y aurait pas non plus de « nous », mais il existe, et nous sommes liés que tu le veuilles ou non. Et il y a aussi ce petit garçon qui rêve d'avoir un père.

— Ne mêle pas Lucas à cette histoire ! dit-elle avec rage.

— Pourquoi pas ? Tu te caches derrière lui depuis des années.

— Tu commences à devenir désagréable. Tu sais bien que…

— Je sais, l'interrompit-il, que tu étais une vierge de vingt-trois ans qui n'avait pas l'intention de se lancer dans une relation sérieuse, et tu utilisais le père de Lucas pour justifier ta décision. Il ne représente plus une menace, poursuivit-il en se levant. Rien ne t'empêche de t'engager dans une vraie relation avec moi.

— Tu n'en as pas envie, lui rappela-t-elle, irritée par son insistance. Tu es tellement arrogant ! Comment peux-tu croire que je ferais tout ce que tu veux juste parce que tu l'as décidé ?

— Si c'est de l'arrogance de croire que tu partages mes sentiments, alors je plaide coupable. Regarde-moi dans les yeux, ordonna-t-il, et dis-moi que tu ne ressens rien pour moi.

Gabrielle tourna la tête, et Andrés frappa du poing sur la table.

— Nom d'un chien, Gabrielle ! De quoi as-tu aussi peur ? Ou es-tu simplement aveugle ? Tu ne comprends pas que je n'ai pas arrêté de penser à toi depuis le jour où tu as contrôlé ma voiture ? Regarde-moi dans les yeux et dis-moi que tu ne m'aimes pas, demanda-t-il. Si tu en es capable, je te laisserai partir, et je ne parlerai plus jamais de mariage.

L'estomac de Gabrielle se serra, et elle posa la main sur ses lèvres.

Des images de sa sœur, allongée sur le sol de la salle de bains, et de sa mère en larmes s'imposèrent à son esprit. Un cœur brisé était tellement douloureux.

Se forçant à croiser son regard, elle déclara :

— J'ai laissé Lucas à la maison parce que je voulais te dire que cette chose qui nous lie est terminée.

Andrés serra les mâchoires avant de lui adresser un sourire cruel.

— Ce n'est pas ce que je t'ai demandé, Gabrielle. Je t'ai demandé de me dire que tu ne m'aimais pas, mais tu en es incapable, n'est-ce pas ? Tu ne peux pas nier tes sentiments.

Gabrielle tressaillit avant de se diriger vers la porte d'une démarche chancelante, et il sut qu'il avait vu juste. Elle avait peur.

— Je n'aurais jamais pensé dire une chose pareille, mais tu es une froussarde, Gabrielle. La femme la plus courageuse que je connaisse est en fait une lâche, ajouta-t-il froidement. J'ai cru que j'étais le seul à garder mes distances, mais c'était faux. L'amour te terrifie. Toutes ces années à te cacher derrière ton fils..., commenta-t-il en secouant la tête. Si tu as couché avec moi, c'est uniquement parce que tu pensais que je me contenterais d'une nuit. Et à présent, tu es prête à tirer un trait sur une histoire magnifique parce que tu as peur de prendre un risque. Vas-y, rentre chez toi et cache-toi derrière ton fils, mais n'espère pas que je t'attende. Je vais exaucer ton vœu : nous vivrons chacun de notre côté. C'est terminé, conclut-il.

Gabrielle ne réalisa qu'elle avait oublié ses chaussures que lorsqu'elle se retrouva pieds nus dans le parking de l'Imperium. Elle n'avait même aucun souvenir d'être sortie de l'appartement d'Andrés.

Il faisait sombre, et toutes les portes étaient fermées. Il n'y avait pas un seul garde en vue. Elle était seule au monde.

— Je suis désolé, monsieur, mais elle a disparu.

Quelques minutes après que Gabrielle eut quitté la salle à manger, Andrés avait réalisé qu'elle avait besoin d'un chauffeur.

— Comment a-t-elle pu disparaître ? s'enquit-il sèchement.

— Je l'ignore, monsieur.

— Ne restez pas planté là, retrouvez-la !

C'était la cinquième fois que Gabrielle faisait le tour du parking, et il n'y avait toujours pas de sortie en vue. Et voilà qu'elle se retrouvait devant la voiture qui avait changé sa vie. Que se serait-il passé si une autre équipe s'était chargée de ce véhicule ? Elle n'aurait jamais connu Andrés, et la vie qui se développait dans son ventre n'aurait jamais existé. Elle n'aurait jamais découvert non plus le bonheur incommensurable d'être dans ses bras.

Andrés sortit de l'ascenseur et plissa les yeux. Il y avait un problème d'éclairage, mais l'un de ses agents de sécurité avait aperçu une silhouette dans le garage.

— Es-tu têtue au point de préférer rester enfermée dans un parking plongé dans le noir plutôt que de remonter dans mon appartement ? demanda-t-il, irrité par sa lâcheté, mais heureux de l'avoir retrouvée. Tu comptes rester ici toute la nuit ?

Elle secoua la tête, et la pâleur de son visage le bouleversa.

— Allez, viens avec moi. Le concierge va t'appeler une voiture.

Il tourna les talons, mais réalisa rapidement qu'elle ne l'avait pas suivi.

— Tu m'aimes ? l'interrogea-t-elle d'une voix tremblante.

— Si tu ne l'avais pas encore compris, oui, je t'aime. On peut y aller maintenant que tu m'as arraché une autre confession ?

— Andrés, j'ai peur. J'ai vu ce que l'amour pouvait causer, je l'ai vécu. J'ai regardé ma mère s'écrouler après avoir perdu mon père, et Éloïse...

Elle s'interrompit, et le cœur d'Andrés se serra. Il l'avait poussée dans ses retranchements, et elle s'était défendue.

— Tu as tort, reprit-elle en frottant ses yeux remplis de larmes. Ce n'est pas de l'amour dont j'ai peur, c'est de le perdre. J'ai toujours été la plus forte. Éloïse le savait, c'est pour ça qu'elle a tant insisté pour que je devienne la mère de Lucas, mais je n'ai jamais voulu ou demandé à l'être. C'est un rôle qu'on m'a imposé, et que j'ai été forcée de jouer tout au long de ma vie. Et puis tu...

Elle soupira.

— Tu me donnes l'impression d'être vulnérable, fragile... Je n'ai jamais été dans cette position, et c'est terrifiant.

— Ça suffit, déclara-t-il d'une voix rauque en la prenant dans ses bras.

Après un instant d'hésitation, Gabrielle l'enlaça à son tour.

— Je n'ai pas besoin d'explication. Je t'aime, Gabrielle, de tout mon cœur et de toute mon âme. Je suis tombé amoureux de toi le soir du banquet, et je n'ai jamais cessé de t'aimer. Tu es mon monde, et je te promets que si tu me confies ton cœur, je ne te ferai jamais souffrir.

Il posa un baiser sur son front.

— Tu n'as plus besoin d'être la plus forte. Sois toi-même parce que je t'aime comme tu es, avec tes qualités et tes défauts, tes forces et tes faiblesses, et je ne t'abandonnerai jamais.

Gabrielle frissonna, et leva la tête vers l'homme qui avait volé son cœur.

— Je t'aime, dit-elle, incapable de le nier plus longtemps. Je suis tombée amoureuse de toi le soir du banquet, et je n'ai jamais cessé de t'aimer. Tu es mon monde, et il n'y a rien que j'aimerais plus que de t'épouser.

— Ah, Gabrielle, ma belle, murmura-t-il en prenant ses lèvres en un baiser passionné qui chassa instantanément ses larmes et ses peurs.

Épilogue

Le prêtre versa l'eau bénite sur la tête de la petite Éloïse qui continua de dormir paisiblement.

La cérémonie terminée, Gabrielle et Andrés retrouvèrent leurs familles ainsi que leurs amis qui sortaient de l'église sous le soleil de Séville.

Lucas, qui était à côté de sa grand-mère et de son oncle, courut vers ses parents. Il venait de terminer sa première année d'école, et s'efforçait de se comporter comme un grand. Ce qui ne l'empêcha pas de glisser sa main dans celle d'Andrés.

— Est-ce que je pourrai jouer au football avec Raul quand on sera rentré, papa ?

— Après le déjeuner.

Tous les invités, y compris le prêtre, avaient prévu de se réunir chez eux pour poursuivre la fête.

— Tu joueras avec nous ?

— Seulement si je peux être dans ton équipe.

— Tu veux bien être gardien de but ? demanda le petit garçon à sa mère.

— Dans cette robe, et avec ces chaussures ? rétorqua-t-elle en riant. Va plutôt demander à ta tante Sophia. Elle m'a dit qu'elle adorait le football.

Lucas s'exécuta, et Sophia lui lança un regard noir que Gabrielle ignora avec un sourire.

Se tournant vers la reine Catalina et son mari, elle les remercia de leur présence.

Un jour viendrait peut-être où elle s'habituerait à considérer son idole comme une amie personnelle, mais ce n'était pas encore pour tout de suite.

Le photographe les appela, et Gabrielle confia Éloïse à Andrés pour prendre Lucas par la main.

— Est-ce que je t'ai dit à quel point tu étais sexy dans cette robe ? murmura Andrés comme les invités les rejoignaient.

Prenant un air guindé, elle lui pinça les fesses. Andrés sourit et l'embrassa.

Le photographe prit son cliché à l'instant où leurs lèvres se séparèrent, tandis qu'ils se contemplaient, l'amour brûlant dans leur regard. Lucas souriait en direction de l'appareil, Éloïse, les yeux grands ouverts, observait le monde avec bonheur.

Gabrielle et Andrés conservèrent une copie de cette photographie dans leur portefeuille pour le restant de leurs jours.